红色蟠龙

阳春市老区建设促进会 编

中国言实出版社

图书在版编目（CIP）数据

红色蟠龙 / 阳春市老区建设促进会编. — 北京：
中国言实出版社，2023.11
  ISBN 978-7-5171-4429-8

  Ⅰ．①红… Ⅱ．①阳… Ⅲ．①纪实文学－中国－当代
Ⅳ．①I25

  中国国家版本馆CIP数据核字（2023）第226663号

红色蟠龙

责任编辑：宫媛媛
责任校对：佟贵兆

出版发行：中国言实出版社
    地　　址：北京市朝阳区北苑路180号加利大厦5号楼105室
    邮　　编：100101
    编辑部：北京市海淀区花园路6号院B座6层
    邮　　编：100088
    电　　话：010-64924853（总编室）　010-64924716（发行部）
    网　　址：www.zgyscbs.cn　电子邮箱：zgyscbs@263.net

经　　销：新华书店
印　　刷：济南精致印务有限公司
版　　次：2024年1月第1版　2024年1月第1次印刷
规　　格：787毫米×1092毫米　1/16　7印张
字　　数：88千字

定　　价：68.00元
书　　号：ISBN 978-7-5171-4429-8

《红色蟠龙》编委会

主　　任：叶均盛

副 主 任：黄昌明　谢　艺

编委成员：黄世严　李国欢　潘彦君

　　　　　龙　敢　黄国伦

执　　笔：梁方策

序

　　蟠龙，位于阳春春城东边，四面环山，层峦叠嶂。抗日战争后期和解放战争期间，蟠龙是阳春乃至粤中地区人民武装最主要的游击根据地之一，被誉为"广南（粤中）小延安"。

　　1940年和1942年，党组织在阳春发展的第一位中共党员黄云两次奔赴蟠龙中心小学，以教师职业为掩护开展党的地下活动，发展党员，创建抗日游击根据地。从此，点燃了蟠龙革命斗争的星星之火。许多革命前辈都在蟠龙留下光辉足迹，如黄云、谢立全、冯燊、吴有恒、谢创、欧初、郑锦波、杨子江、李信、陈庚、陈枫、吴子仁、马平、曹广、伍伯坚、李重民、严仕铭、陈运福、严仕郁、李海等。在蟠龙，发生过重要革命历史事件。例如，1945年12月，中共阳春县委在观音山成立；1948年6月，中共广南分委、广南军分委在刘屋咀村成立；1948年12月，粤中区第一个县级人民政权——阳春县人民民主政府在白坟村成立。

　　蟠龙是一个有着深厚红色底蕴的革命老区。蟠龙人民为了推翻旧社会，争取翻身解放，与人民武装队伍携手抗敌，义无反顾地支持和参加革命斗争，作出了无私奉献和牺牲。蟠龙有堡垒户20多户，分布于蟠龙大部分村庄。新中国成立后，各个村庄都被评为革命老区村，其中十七条村庄被评为抗日战争时期老区村。

为了铭记历史，颂扬为人民的解放事业而舍生忘死、艰苦奋战的伟大精神，我们收集蟠龙革命斗争故事及其相关史料，并将其整理成集，目的是让后辈铭记中国共产党革命的艰难历程，铭记革命前辈和老区人民为了革命作出的牺牲和贡献，从而继承先辈遗志，让红色精神千秋万代永不变色。

新时代，蟠龙人民正在发扬老区的光荣传统，充分利用丰富的红色资源，大力发展红色旅游业和特色产业，努力建设新农村。我们相信，有红色精神的传承，有各级党委和政府的重视支持，革命老区蟠龙的明天一定会更加美好！

目　　录

一、蟠龙革命斗争故事

星星之火耀东山

黄云（原名黄昌熺），是中国共产党在阳春发展的第一名党员。

1938年10月，日军占领广州后，陆续向全省各地推进。继占据四邑（台山、开平、新会、恩平）之后，又进一步占领了阳江南鹏岛，并不断派出飞机对两阳县城实施轰炸骚扰。为了防止日军再深入进犯，当时的阳春党组织，决定未雨绸缪，在离春城不远的山区，选择有潜力建立抗日根据地的地方发展党组织，为开展武装抗日做准备。

蟠龙乡，离春城10多公里，四面环山，毗邻阳江，接近恩平，是穷困的山区，乡民勤劳纯朴。阳春党组织认为这里是建立抗日根据地的好地方。有利条件有三个：第一，地理条件。它是与阳江、恩平、新兴等几个县接近的山区，国民党反动派统治比较薄弱，对开展革命武装斗争不大可能形成大的阻力。第二，当地农民受地主剥削压迫很重，生活十分贫困，容易接受革命道理。第三，生产条件。蟠龙河横贯东西，两岸农田出产粮食，有利于解决武装队伍的生活给养问题。

黄云主动请缨到蟠龙乡中心小学，以教师职业为掩护，开展党组织和根据地的建设工作，获得了党组织的同意。

黄云到了蟠龙乡中心小学，受到他在阳春中学读书时的校友、时任蟠龙乡中心小学校长严仕铭的热情欢迎。

严仕铭是蟠龙、扶民两地当时唯一的中学毕业生，在地方群众中的威望很高，加上他身材魁梧，大家都称他为"蟠龙王"。而严仕铭当上校长后，当地的官绅都不断腐蚀拉拢他，企图为他们所用。但严仕铭本质很好，泾渭分明，从不领这些人的情。

蟠龙乡中心小学位于蟠龙响石村，与国民党乡公所相邻，同一个大门口出入。乡公所有一幢炮楼，炮楼里日夜有持枪的乡兵把守。乡长陈国福经常出入学校与乡公所，有时春城的国民党政府官员也会到乡公所里。黄云到了中心小学当教师后，为了避开乡长陈国福和其他乡兵的监视，就住到校长严仕铭家中。严仕铭的家在离学校约600米远的新寨村，新寨村背靠蟠龙河，村后是一片古老榕树林和龙眼树林，环境幽雅、清静。严仕铭腾出他家牛栏旁的一间杂物房，作为黄云的卧室。

白天，黄云和严仕铭在学校同工作、同吃饭，一同研究校务工作。黄云在上课之余，还常常给学生讲授一些书本上没有的知识，讲述一些抗日新闻和苏联卫国战争等故事，课外经常和学生打篮球、做游戏等，因此，深得学生喜爱。他在教学工作中，还特别注意发现高年级学生中那些品德好、聪明能干、喜爱接受新鲜事物的学生，并有意识地挑选一些进步的课外读物让他们阅读，给予特别的关注和培养。晚上，黄云回到严仕铭家的卧室，在煤油灯下，和严仕铭促膝谈心，畅谈天下大事，对他逐步灌输革命思想，将一些进步书籍介绍给他阅读。在这个卧室里，在昏暗的煤油灯下，黄云还和一些学生、群众座谈，天南地北拉家常。他还下到各村寨家访，同一些家长和群众建立了良好的关系。

半年之后，因国民党乡长陈国福排挤严仕铭，逼他辞去了蟠龙乡中心小学校长职务。黄云也根据组织安排，转到先农乡中心小学教书，并兼任先农乡党支部书记。

1942年期间，黄云利用寒暑假等，继续对严仕铭进行培养教育。当他认为严仕铭已具备入党条件时，便向中共阳春分委呈报了介绍严仕铭入党的请示。因为当时形势严峻，中共广东省委决定暂停发展党员，但为了更快地在蟠龙建立抗日根据地，中区特委经慎重研究，决定特事特办，破例批准严仕铭入党。黄云是严仕铭的入党介绍人。

1942年7月，严仕铭重回蟠扶乡中心小学任校长（1942年蟠龙、林田、扶民合并为蟠扶乡），还当上了副乡长。黄云在下半年也回到蟠扶乡中心小学任教。此时，党组织认为，这是建立蟠龙抗日根据地的最好时机，所以及时抽调阳江县党员陈华森（陈树德）、阳春中学毕业的党员陈兆生（陈明）到蟠扶乡中心小学任教，协助黄云开展工作。

黄云、陈树德、陈明等在教学之余，下到各村寨，结交了一批农民积极分子，和当地群众、学生家长建立良好关系，在高年级学生中建立了抗日少年先锋队，培养教育了严仕铭的胞弟严仕郁和欧圣聪、钟景宏、陈义琦等一批进步学生，他们都成为党员发展对象。

严仕铭入党后，以他的威望，在蟠龙发动群众开展了减租减息的斗争，并取得了胜利。当时，蟠龙乡农民种地所得的粮食，70%都由春城的地主收去，而且地主收租都用大秤和大斗收取，严重地盘剥了农民，农民负担沉重。1943年，党组织由严仕铭出面，发动蟠龙各村农民向地主进行大斗改小斗交租的减租斗争。严仕铭在陈树德的指导下，联络农民积极分子，同地主进行抗争，终于迫使地主再不敢用大斗收租，并且废除了把租谷送到地主家的规例。

1945年，广东人民抗日解放军第六团成立，黄云任团长，严仕铭率领严仕郁、欧圣聪、钟景宏、陈义琦等18人参加了第六团，严仕铭任第六团直属队（又称"金星队"）的连长，其余都是直属队的骨干。

从此，革命斗争的星星之火在蟠龙燃起，轰轰烈烈的斗争活动拉开了序幕，蟠龙抗日根据地建立起来了，并逐渐发展和巩固。

减租减息，智斗地主

严仕铭在1942年秋回到蟠扶乡中心小学当校长，并被选为副乡长。1943年，黄云介绍严仕铭加入了中国共产党，并安排党员陈明、陈树德到蟠龙沉冲小学任教。1944年秋，党组织在蟠龙开展了第一次群众性革命斗争，发动农民向地主进行改大斗为小斗交租的减租斗争。

蟠龙的农民都是租种春城地主的田地，每年都要交租，地主向农民收租都用大秤和大斗，大秤83斤等于市秤100斤，地主收租的大斗又比大秤更大，农民耕一斗种（约0.8亩）田，许多都要交双头租（一斗种每年交两担租谷），一担大斗租相当于市秤130多斤，最高的相当于150多斤。地主对农民盘剥非常残暴，农民负担极为沉重。农民所收的粮食，约有七成被春城地主占有，被本乡的地主占去和交公尝义占约二成，农民所剩的则不够一成。不但如此，农民还要将租谷送到春城地主家里，十分辛苦。

为了减轻农民的负担，严仕铭在陈树德的直接指导下，以副乡长的名义说服乡长陈国福和保长薛计谋，利用国民党政府当时正推行的度量衡改革的法令，以乡公所的名义，向广东省政府提出书面申请报告，要求按政府的法令，一律改用市斗（秤）交收租谷。结果，竟然得到国民党省政府的批准，使减租斗争取得合法依据。这时，春城的地主大为恐慌，一方面用金钱收买乡长陈国福；另一方面扬言要向广东省法院告状。陈国福收了地主的厚礼，不支持农民，但也不敢得罪以严仕铭为首的农民势力。他根据地主的意图，想用调解的方式解决，却遭到农民的反对，他就干脆躲到城里不露面了。

严仕铭在党的领导下，号召农民坚决以小斗交租，并取消送租的规例。他联络一些积极分子到各村寨宣传，互相鼓劲、监督，准备与地主斗争到底；还推选出农民代表钟廷均（钟景宏的父亲）、欧基圣、陈聘余等5人，准备出庭与地主说理。春城地主眼看斗不过农民，就另想一计。大地主曾佩周的女婿刘传敩邀请严仕铭出城面议，想要严仕铭劝说农民带头交租。严仕铭以众怒难犯为由婉然拒绝了。

不久，地主梁荣勋看软的不行，又来硬的。他带领两名武装警察气焰嚣张地到蟠扶乡公所坐镇催租，但是农民们没有一个理他。他就派警察把他的佃户梁昌培抓来，企图将其拉到城里送官府处理。当他坐着轿子押着梁昌培走到圩仔寨对面河坡时，发现上百名农民拿着扁担、木棒等聚集在塘薄垌桥头严阵以待。原来，梁昌培被抓走以后，大寨附近各村村民立即鸣锣聚众，齐聚塘薄垌桥头拦截梁荣勋，并同声斥责地主不遵守政府法令，仗势抓人，要他立即释放梁昌培。这时梁荣勋敢怒而不敢言，狼狈不堪。他看到农民人多势众，觉得众怒难犯，就叫两个警察赶忙收回盒子枪，乖乖地放了梁昌培。两位轿夫都是蟠龙龙颈村人，看到群情激愤，胆子也大起来，对梁荣勋说："我也不赚你的臭钱了！"丢下轿子，随着人流回家了。梁荣勋这回威风扫地，只好灰溜溜地步行回春城。

此后，春城地主们再也不敢用那些特大的斗（秤）来收租了，也不敢再叫租户送租，而要派人到蟠龙收租。

这场斗争的胜利，为后来发动"二五减租"斗争打下了基础。

1945年以后，部队长期在蟠龙活动，支持农民的减租斗争，蟠龙农民在取得了大斗改小斗（秤）交租胜利的基础上，从"二五减租"发展到拖租和开展反夺佃斗争，即把田租减至原租量的四五成。地主开始态度强硬，不肯减租，但农民们团结一致，坚持不减租就不交租。地主见硬的不行，就用软的办法。地主周谷假惺惺地借钱给官田朗村岑伙木做生意，然后要求岑伙木带头交了十足的租谷，企图破坏减租。鹊垌村农民知道后，为了惩罚岑伙木破坏减租的行为，就在夜间集体出动割了岑伙木一块田的稻谷，还用木牌写上几句顺口溜，插在岑伙木田边："精仔岑伙木，带头交十足；割去一田禾，处罚三箩谷。"第二天，岑伙木拔了牌子去乡公所报告，说是被偷了稻谷。乡公所的人见到牌子，以为是游击队所干，不敢表态追查。农民则讥笑岑伙木："鬼叫你交租交十足呀，人家写的不是偷，而是'罚'。"岑伙木后悔上了地主的当。

此事对那些不敢坚持执行"二五减租"的农民，进行了一次深刻的教育，对不肯减租的地主也实施了一次打击。春城地主陈绍基带人入蟠龙金鸡坪村收租，仅收到几斗谷，被农民拦住，逼他担回原村查验过是否减租，才给放行。他回城后对人说："再不要为这两粒谷入蟠龙了，在那里碰到的人，究竟是红军还是农民都搞不清楚。"

还有的地主不甘心，妄图用起佃的方式要挟农民。龙颈村陈义珩租春城何姓地主的田，因何姓地主不肯减租，就拖租不交。地主说："明年你不要种我的田了！"他以为用起佃可以吓倒农民，但陈义珩不理他，继续种田。第二年何姓地主来收租，陈义珩说："你去年叫我不要种你的田了，怎么还向我收租？"何姓地主到处查问是谁种了他的田，无人肯讲，只好灰溜溜地回城。从此，哪一个地主都不敢以起佃来卡农民了。春城大地主曾佩周、游君寿在蟠龙一年只能收七八十担租谷，但没人肯帮他们挑运出城，就只好全部就地向我部队缴纳军粮。其他中小地主也只好跟着照样办理。

蟠龙农民在减租的同时，还进行减息斗争。过去4月借债度荒，6月归还要交一本一利，即借一担还两担。蟠龙农救会宣布不准利息超过原本的50%，部队表示支持，因此农民大胆执行。

农民通过减租减息，得到了很大的经济利益，更加热烈拥护共产党、解放军和游击队，积极支持农会。这对发展和巩固蟠龙游击根据地起到了重要的作用。

减租斗争

李宗望不幸被捕，严仕铭机智脱险

　　1944年底，在蟠龙的地下党员严仕铭接到党组织通知，我党的抗日部队从珠江三角洲挺进粤中，将到达两阳，要他在蟠龙组织暴动，迎接部队的到来。于是，严仕铭联系新寨村严仕浓、龙颈村陈道剑、鹊垌村梁传队、军屯村李胜光等积极分子，准备组织暴动，配合游击队，袭击阳春城。

　　1945年初，抗日部队已到了恩平青湾。在青湾驻扎期间，黄云写了两封信，交给了连队司务长李宗望同志，要他到蟠龙，把一封信交给新寨村严仕铭，另一封信交给春城地下党组织。李宗望是阳春岗尾凉水井村人，1939年加入中国共产党；1944年夏，到新高鹤参加广东人民抗日解放军，担任连队司务长。李宗望接受了送信的任务后，收藏好两封信，就立即起程。当日，正是春节过后，天气晴朗，但还略有凉意。李宗望身穿中楼，头发长长，胡子拉碴。他从恩平青湾出发，一路跋山涉水，经过数小时，终于到达了蟠龙。他走到了新寨村附近，隔河看见新寨村后面的河里聚集了二三十人，人声鼎沸，以为发生了什么事（原来是新寨村村民用熟石灰毒河捉鱼），不敢进入新寨村内找严仕铭，就沿着蟠龙河直出春城。不料他刚走到孔塘村的时候，迎面遇见了国民党蟠扶乡乡长陈国福，陈国福曾经在春城青年书店认识李宗望。这次他是一个人从春城回蟠扶乡公所，碰巧遇见了李宗望。这陈国福一眼瞥见李宗望头发长长、满脸胡须，心想必定是"红军"无疑。但他却满脸堆笑，装作热情的样子问："宗望兄好久不见，现在到哪里发财？"李宗望回答："出外做牛贩，刚从恩平回来。"陈国福不动声色，两人匆匆擦身而过。殊不知，这个陈国福，一回到蟠扶乡公所，就立即摇电话给阳春县县长陈启钊。陈启钊马上打电话给龙湖乡乡长严文郁，说是李宗望从恩平经蟠龙回春城，要他迅速派乡兵半路拦截，将他扣押。严文郁亲自带着龙湖乡的十几个乡兵去到蟠龙出春城的必经之路——接龙庙守候。

李宗望与陈国福碰头后，也快步地往春城方向赶，但他不知道敌人早已布置好了埋伏。他刚走到接龙庙，就被严文郁和乡兵"请"进了庙内，并当场从李宗望身上搜出了左轮手枪1支，部队伙食开支本子1个，信件两封。严文郁大喜过望，立即命十几个乡兵把李宗望押到阳春县政府。

李宗望被捕后，陈启钊亲自审讯李宗望，并施加酷刑，妄图从他口中供出共产党的秘密，但李宗望坚贞不屈，后英勇就义。这是后话。

再说当天，龙湖乡乡长严文郁捉到李宗望后，看见其中的一封信是给严仕铭的，因为他与严仕铭是宗亲，严仕铭当时也还兼任蟠扶乡副乡长，他从同姓情谊出发，马上打电话到蟠扶乡公所，要严仕铭亲自接电话，对严仕铭说："龙湖乡抓到了一个可疑的人，搜出两封信，其中一封是黄云给你的。这个人已解送县政府处理。"严仕铭接到电话后，知道出了问题，考虑到从龙湖乡押人到县政府不用一个小时。一个小时后自己就有被捕的危险。他当机立断，趁乡长陈国福不在的机会，快速地走出乡公所，回到家里，收拾了几件衣物，立即找到本寨的严仕浓、鹊垌村的梁传队，三人于当天上午11时一齐离开蟠龙，翻山越岭去到合水留垌。正如所料，下午1时，国民党县政府电话命令陈国福马上逮捕严仕铭。陈国福急匆匆带上乡兵去到严仕铭家，但严仕铭早已走了，敌人扑了个空。

严仕铭等人脱险后，在留垌住了几天，再转到黎湖、头堡等地，后往阳江珠环找到了挺进两阳的抗日部队。黄云的学生钟景宏、欧圣聪、陈义琊、严仕铭的胞弟严仕郁和其他一些农民积极分子，闻听严仕铭他们找到了抗日部队后，也从蟠龙去了部队驻扎的地方，一同参加了抗日队伍。严仕铭担任了广东人民抗日解放军第六团直属队（又称"金星队"）的连长。1946年夏，严仕铭和黄云一齐奉命北撤。

观音山上鱼水情

距阳春县城约18公里的地方，有一座大山，叫大山岭。

大山岭，是蟠龙村最大最高的一座山，此山横跨阳春、阳江两县。大山岭山高林密，除主峰外，还有无数的小山围绕着。有一座小山，位于大山岭的北边山脚下，叫观音山。观音山下是一条清澈的小河，这是蟠龙河的源头。小河对面是大滑自然村。观音山上有一条村子，只住着两户姓梁的人家，一户户主叫梁金生，另一户户主叫梁运明。两人是堂兄弟。两兄弟都是老实巴交的农民，长年累月靠开垦荒山，种些番薯、芋头和采摘一些生草药出卖维持生活，生活十分拮据。

1942年，黄云第二次进到蟠扶乡中心小学发展中共党员，创建抗日游击根据地后，考虑到观音山地理环境好，西可以通春城，东可以到阳江大八等地，再者观音山两户农民老实忠厚，所以就把梁金生家发展为堡垒户兼交通联络站。后来，游击队在蟠龙活动，或来往于阳春、阳江时，都会到梁金生家住宿。在战斗中负了伤或生病的战士也都送到观音山梁金生家疗伤、养病。游击队员们都把梁金生家当作自己的家，军民结下了深厚的情谊。梁金生家成了游击队的落脚点和联络站、伤病员疗养站。

1945年8月，日本宣布投降后，国民党在粤中地区调集重兵，企图一举消灭粤中革命武装。中区临时特委为适应部队分散隐蔽的新形势，统一领导部队和地方党的工作，对"两阳"党组织进行调整。12月下旬，中区临时特委决定：统一部队与地方党组织的领导，加强阳江、阳春两党组织的领导力量，撤销"两阳"工委，分别成立中共阳江县委和中共阳春县委。中共阳春县委第一次会议在什么地方召开呢？其时，国民党正大举"围剿"共产党人，地方党组织和部队正分散隐蔽。为确保安全，最终决定在隐蔽条件非常好的观音山梁金生的家里召开。黄云派交通员通知在春城的伍伯坚和在先农的李重民到观音山参加会议，严仕铭列席会议。召开会议时，梁金生和堂弟梁运明分别在大滑村口和山脚下的河边放哨。如有突发情况，就立即通知会议人员撤退上山。

中共阳春县委第一次会议，贯彻分散活动和长期隐蔽的方针，宣布了中区临时特委的决定：黄云任县委书记，李重民任县委委员、组织部部长，伍伯坚任县委委员、宣传部部长并负责联系原来的地下党员。

1948年春，广东南路东征支队800余人（欧初任支队司令员兼政委）经过长途艰苦转战，于农历五月初五到达蟠龙与"两阳"总队（包括漠东、漠南、西山等大队）200多人会师，加上地方区中队、武工队等共计1000余人，一齐汇集于蟠龙根据地。春中区委担负起军需粮食供应的艰巨任务。蟠龙各村的村民，积极筹粮捐物给部队。东征部队由于长途行军、连续作战，十分疲劳，许多同志患上夜盲、痢疾、肝炎等病症，伤病员多达200余人。春中区中队分别先后安置这些伤病员在观音山、暗冇、上塘坪等地隐蔽治疗和休养，其中一部分伤病员住在观音山梁金生、梁运明家里。

梁金生、梁运明及其家人待这些部队伤病员如亲人，无微不至地照顾他们，冒着危险步行十几公里的山路到春城买药，并上山采一些生草药给部队治病疗伤。除了把家里能吃的东西拿出来给战士外，还到处去亲戚、乡亲处借粮、筹款。当时很多战士都患了腹泻痢疾，病情十分严重。梁金生就用民间的偏方，把熟石灰放到大水缸中泡水搅拌，澄清过滤取石灰水，患痢疾的战士每人一碗，即时止泻，再服食明火白粥调理肠胃，病者逐渐痊愈。蟠龙其他村的村民还献药方治疗战士的夜盲症，取牛肝切片，拌锅底黑灰，食盐炒蕹菜。战士们服后也逐渐治愈康复。

经过一段时间的疗养，伤病员很快恢复了健康，陆续回到原部队。

后来，国民党阳春县县长邓飞鹏得知这个游击队联络站后，就派兵"围剿"。梁金生收到情报，和住在观音山的游击队员及时撤离隐蔽。国民党军队扑了空，便恼羞成怒，一把火把两座平房烧掉了。

梁金生、梁运明两家人后来只好搬到了对面的大滑村居住，原住址成了废墟。

蟠龙观音山医疗站旧址

开荒烧炭，隐蔽待命

抗日战争胜利后，根据国共双方签订的《双十协定》，中国共产党同意将广东等8个解放区的抗日军队撤退到陇海路以北及苏北、皖北等解放区。1946年5月初，黄云、严仕铭等在蟠龙接到上级通知，参加东江纵队北撤。5月，两阳部队干部在织篢牛岭召开会议，赵荣传达了北撤会议精神，传达中共广东区委关于"隐蔽精干、长期埋伏、积蓄力量、以待时机"的方针，并布置陈庚、陈枫、马平、曹广等人留在蟠龙带领武装人员化整为零，进行隐蔽斗争。同时，根据上级指示，在蟠龙的武装队伍停止党组织活动，武装人员分散活动。除马平、曹广、陈枫、严仕郁等在蟠龙及漠南等地坚持其他斗争外，其余的武装人员暂把机枪、步枪等部分武器掩藏起来，只留下短枪。没有武器的人员分散安置。蟠龙本地的钟景宏、欧圣聪、顾德才、严仕光、岑伙生等回家隐蔽待命。从中山过来的梁源、阮明、陈来、黄余悦、李培等人则随陈庚上山烧木炭，开荒种地，自行解决生活问题。

由于队伍刚分散，形势非常严峻，加上战士们对烧炭、开荒种地等工作不熟悉，处境十分困难。幸亏蟠龙的群众工作基础非常好，他们的工作得到了革命堡垒户和农民积极分子的大力支持和帮助。刘屋咀村的堡垒户欧念昭亲自带陈庚他们到大滑的烟朗山坑开荒种地，并将自己的两头黄牛、犁耙等农具和种子带上山，送给开荒的战士，并传授耕种的方法。大滑村堡垒户顾德才（也是暂时回家隐蔽待命人员）带战士们到与上洒村交界的红罗根深山挖炭窑烧木炭。战士们都不懂这项工作。顾德才就耐心地向他们讲解挖窑、砍柴、装柴、盖窑、烧火、封窑、取炭等工序，并身体力行，和战士们一道奋战在深山野岭里。首先，他们在山岭斜坡的地方挖一窑洞，窑宽约3米，高约2米，圆形，前面有一窑口。窑洞挖好后，就到山上砍木柴，木柴直径约3寸以上，1米至2米长。接着是装木柴，把刚砍到的木柴有顺序地叠放进窑洞里，直至装满为止。装好柴后，在窑顶（即木柴顶部）用木片等铺成伞形，再铺上约8寸厚的泥土，并夯实，周边只留出3个烟眼。封好顶后，就开始在窑口留出的空隙处烧火，约烧2日至3日，就可封窑，即把窑口和烟眼全部密封，顶上不能漏烟和漏气，如漏气，木炭就会全部变成灰烬，所以每隔一段时间就要用泥浆涂抹一次窑顶。封闭约3天至4天时间，有的要7天至8天就可开窑了。质量好的木炭是硬邦邦的，刚刚过火，不残留木质，也不化灰，并乌黑发亮，敲起来"嘟嘟"地响。大的窑可出木炭三四十担，小窑也有十几担。战士们按顾德才指导的方法，夜以继日地做好每一步骤，经过大家不懈努力，终于成功地烧出了第一窑木炭。大家虽然辛苦，但还是露出了胜利的笑容。

木炭烧出来了，怎样卖出去呢？这个问题难不倒战士们。陈庚找到了欧念昭，商量解决办法。欧念昭说："你们先把木炭担到我家里的横屋放着。我去春城联系好买家，等到有船入到蟠龙鹊垌埗头，再把炭挑到船上，请船工运出春城卖。这样好吧？"陈庚连忙点头同意："好！就这样决定。麻烦您了！"此后，战士们每次开窑后，都把木炭挑到欧念昭家里放好，由欧念昭先到春城找好买家，再由战士们及村民挑到蟠龙鹊垌埗头，用船从水路运出春城。当时，从春城运入蟠龙或从蟠龙运出的货物都是用船由漠阳江转入蟠龙河的，船的终点埗头是鹊垌村村前的河边。

战士们把卖木炭的钱用作隐蔽人员的生活开支，大家的生活逐渐好转了一些。

然而，不久后，发生了一件非常惊险的事情。有一天，梁源、陈来等几位外地的战士从欧念昭家里挑炭到鹊垌埗头，准备装船运出春城。挑到响石村国民党乡公所旁边时，正碰见几个国民党保警和乡兵从炮楼里走出来。他们看见几个陌生人操着外地口音挑着木炭走过，立即拦住了梁源、陈来几人，凶神恶煞地喝问："站住！你们是什么人？"陈来等人一惊，后镇静下来，平淡地说："我们是刘屋咀念昭叔请来帮助烧木炭卖的。""放屁！你们是共产党吧！"保警和乡兵们端起了枪。陈来不慌不忙地说："你们可叫念昭叔来对证一下，我们没说假话。"这时，在后面挑炭的群众闻听前面的几个人被保警和乡兵拦住，就匆忙跑回刘屋咀村告知欧念昭。欧念昭立即跑到事发地，对保警们说："他们是我从外地请来帮助烧炭卖的，望各位给我一点薄面。"欧念昭在蟠龙是个颇有影响和威信的人，国民党乡长也要怕他几分，保警和乡兵们也知道此人，所以不敢轻举妄动，灰溜溜地走回了炮楼。这次有惊无险，之后战士们行动更小心了。

在大部分武装人员分散隐蔽的同时，陈枫、严仕郁等在蟠龙各村庄继续发动群众坚持斗争。1947年秋天，全国斗争形势起了很大变化，上级指示"积极小搞（武装斗争），准备大搞"。从此，蟠龙的形势乃至阳春的形势逐渐好转起来。在山上烧炭耕地的战士们也下山了，原籍是蟠龙的人员也回家耕田，重新集结在一起，取出掩藏的武器，大家又精神抖擞地投入打击国民党反动派的战斗中去。

炭窑旧址

成立农民生产自救会

"各位父老乡亲、兄弟姐妹们，今天，我们农民兄弟在这里成立了自己的组织。我代表党组织和武工队向大家表示祝贺！希望大家团结一致，拧成一股绳，为争取我们贫苦农民的利益，勇敢地同国民党反动派和地主阶级作斗争！"在蟠龙白坟村的晒谷场上，一位英俊的小伙子慷慨激昂地向在场的村民演讲。人群中爆发出一阵阵雷鸣般的掌声。这是1947年11月的一天，在这里举行的蟠扶乡农民生产自救会（以下简称农会）第三分会的成立大会。参加此次大会的有响石、龙颈、白坟、鹊峒、黄京社、麻山、旱坪、新寨、官田朗、大坪、茅旱等村农民300多人。会议由蟠扶乡农会副会长严仕郁主持，两阳武工委委员陈枫参加了会议，并作了讲话，上面一段话就是陈枫演说的。会场上群情激奋，农民们对斗争充满了信心。

原来，在1947年秋收期间，蟠龙党支部就在陈枫的支持指导下，发动群众成立了蟠扶乡农会。陈枫派陈运福领导此项工作，由罗光、严仕郁具体出面进行活动。罗光和严仕郁下到各村，走家串户，联络各户农民，做好宣传发动工作。经过一段时间的准备，认为条件成熟了，党组织就安排和选举罗光为蟠扶乡农会会长，严仕郁为副会长。全乡设三个分会：一分会范围为原三、四村片区，主席罗光（兼）；二分会范围为原一村片区，主席薛贻铎；三分会范围为原二村片区，主席梁运乙。两阳特派员李信亲自为农会起草了章程。

蟠扶乡农会成立以后，根据党组织的布置，完成了几项主要任务：第一，领导农民进行减租减息的斗争和反"三征"（反对国民党的征兵、征粮、征税）；第二，支援部队；第三，进行锄奸活动。

蟠扶乡农会根据陈枫的意见，为了武装起来，保护减租成果和进行反"三征"斗争的需要，在各村选取年轻力壮的小伙子成立了"更夫队"，即是民兵组织，由薛贻铎任大队长。把各村在1946年隐蔽斗争时期部分民兵收藏下来的各种步枪、火药枪、手枪等收集起来，作为更夫队的武器。这支更夫队表面上是当地的民防队伍，维持全乡的治安秩序，并通过部队安插在乡公所里的我方人员做工作，在乡公所收缴经费时增加一点附加费，作为更夫队的活动经费。实际上，这支队伍是受共产党领导的。

在反"三征"斗争中，蟠扶乡农会发挥了积极的作用。会长罗光、副会长严仕郁到各村发动群众，勇敢起来反对国民党的"三征"政策。在部队、武工队打击国民党军队的战斗中，农会都组织民兵积极配合，做好支前工作。在第一次攻打蟠扶乡公所时，严仕郁带领几个更夫队的成员夺走了炮楼里敌人的机枪、驳壳枪、步枪等。在围点打援伏击战中，农会组织更夫队协助部队埋伏在马岭，并一起参加战斗。部分民兵做好支前工作，伏击前和伏击后都帮助部队煮饭，并杀猪慰劳战士们。

由于农会成立以后，发动农民为部队和党组织做了大量的工作，严重地打击了国民党和地主阶级，引起了国民党政府的恐慌和仇恨，他们多次"围剿"蟠龙，妄图捉住罗光和严仕郁。敌人捉不到严仕郁，就下令封了严仕郁的家，查抄家产，并出花红悬赏捉人。严仕郁被迫把家属撤到恩平县对坎坪村暂住。不幸的是，在一次敌人的"围剿"中，罗光在家里被敌人逮捕，之后英勇不屈、壮烈牺牲。

部署建立农会、民兵组织，开展反"三征"斗争

漠东情报交通中枢——塘坪总站

蟠龙游击根据地历经10年,从创建直至阳春解放,从小到大,由秘密到公开,逐渐巩固发展。蟠龙人民在党的领导下,勇敢参加革命,不怕困难、不怕牺牲,以无私奉献的精神支持革命工作,用热血谱写出一篇篇壮丽的英雄史诗。

蟠龙游击根据地创建后,党组织为了便于传递信息和加强各交通站的领导,决定在蟠龙设立漠东情报交通总站。建立交通总站的任务交给了李海。

李海,原籍广东惠阳,家住香港,1945年2月,返回内地参加东江抗日纵队。1948年4月李海受党的委派,到蟠龙参加革命斗争。他拿着介绍信,星夜抵达蟠龙后,住在漠东大队在蟠龙休整的驻扎地沉冲村。一天早上,连队通信员去到李海住处,对他说:"漠东大队马平、曹广两位首长叫你去谈话!"当时漠东大队的几位领导都住在刘屋咀村欧念昭家中。李海进到欧念昭家的中厅,马平、曹广马上迎上来,热情地询问了他的一些基本情况。马平对李海说:"根据现在形势发展需要,决定你留下来,在蟠龙塘坪山上建立漠东情报交通总站,把各地已有的交通站连接起来,成为各站的交通中枢。"又说:"山上山下的群众都很好,会支持你的,你有什么意见？"李海原想参加部队，转战各地。想不到领导分配他做这项工作，心中一愣，连忙说："感谢领导对我的信任，只是我人地两生，又无经验，恐难胜任。"曹广笑着对他说："李仔，革命工作有哪样学会了才干的？只要坚定和机智，依靠群众，有困难、有问题随时请示报告，黎光同志（漠东大队情报参谋）会协助你，供给问题可找刘屋咀村念昭叔帮忙解决。"李海虽然不愿留在地方，在山上当"山大王"既寂寞，又有老虎等各种野兽，但为了革命事业的需要，还是服从领导的决定。

第二天上午，黎光和欧念昭、严仕光等几位同志，带着李海上塘坪大山。他们一行从新村寨出发，一路爬山越岭，走的都是崎岖的羊肠小道。约莫一个半小时，大家登上了塘坪山。离山顶约二三百米处有一山坳，有几间茅屋，这就是塘坪小村（后称为三家村），住着盘奕合、黄基玉、柯立均三户农民。大家到了村子里，欧念昭因为是本地人，同他们几位相熟，就向几位住户介绍了李海等人，并说明了来意。盘奕合等几户人家，十分热情，都异口同声地说："没问题，非常欢迎，我们会尽能力支持和协助你们的建站工作。"商量了一些具体工作后，黎光就赶回合水留垌部队里，欧念昭和严仕光则下山回到蟠龙家中。

黎光他们几个人走后，盘奕合叫他的外甥李胜协助李海建站和参加总站工作。李胜是个十七八岁的小伙子，皮肤黝黑，长得很结实。他带着李海勘察山上周围的地势。塘坪大山，海拔几百米，是恩平、新兴、阳春、阳江四个县的接合部，群山连绵，层峦叠嶂，地势险要。山上有恶坑、暗窠两处阴森的地方，有成片的原始森林，遮天蔽日。更为可怕的是，山上常有老虎、野猪等各种野兽出没。

山坑中有巨大的岩石相叠，有的形成天然的石室洞穴，清澈的泉水潺潺流出，长流不断，蟠龙河的大部分水源，从这里流出。

李海决定以"恶坑"中丛林茂密的天然岩洞为总站址。在盘奕合等几户农民的帮助下，斩伐竹木，编织竹笪，短短几天时间，就在岩洞旁边搭起了几间小棚寮。这几间小棚寮作为临时过往同志的住宿点和各交通站的联络点。总站有了住处后，就物色了一批交通员。常驻山上总站的有李胜、梁德、洪女等，山下住的交通员有严仕光、顾德才、张致林等。此外，很快和各地的交通站沟通。联络到地下的交通站有马狮田站、瓦盎站、山表站、珠环站、泰垌站、上洒站、茶园站、沙田垌站、罗角田站、扶民站、清湾站、高垌站、林田站、屋面塘站、刘屋咀站、夹河站。各地的交通站负责人和交通员大多数是由部队调去的，也有当地的堡垒户和可靠的积极分子担任，其活动经费和生活所需都由当地区委、区中队或武工组提供。

塘坪地下情报交通总站建立之后，很快成为各地交通站的中枢。来往的部队领导、战士越来越多。冯燊、李信、陈钧等领导多次到过总站住宿，部队之间的报刊、书信、情报密件等也通过总站传递。在漠阳江税站征收到的税款（银圆），也常经总站送去部队。

1948年5月，广东南路东征支队到达蟠龙与两阳总队会师，由于连续转战各地和长途跋涉行军，有七八十个伤病员不能随部队行动，就在蟠龙大滑对面的观音山住下来养伤、治病。在观音山设了一个临时医疗站，由陈医官和护士吴青负责照顾这些伤病员。不久，国民党阳春县政府派兵到蟠龙"清乡""扫荡"，到处搜村、搜山，情况十分危急。陈医官和吴青在大滑村民的大力支持和帮助下，把全部伤病员星夜转移到塘坪总站附近的暗冧山林里，并再次设立医疗站继续医治伤病员。

这些伤病战士大多数是因缺乏营养，而患上疟疾、夜盲、痢疾和严重生癣等疾病。这个时候，敌人"围剿"很严，医疗站缺钱、缺粮、缺药。在关键时刻，六团团部给塘坪总站调来了黄纪兰（外号"大只佬"）和邓福两位同志。每隔一两天，总站就派出"大只佬"专门下山，到刘屋咀村欧念昭家挑米、油盐及药物等上山给医疗站。春中区委和武工组也积极筹集粮款，供给山上的伤病员。

此时，虽是夏天，但因林深溪湿，山上夜间仍然寒气袭人，很多伤病员不能入睡。李海就带领总站的几位同志到山上割红草，将其晒干后，给伤病员垫床铺取暖。经过一段时间的治疗，部分伤病员得到康复。总站就派出交通员，护送这些战士返回部队，但仍有一些伤病较重的战士，留在站内治疗。

1948年6月，为了挽救败局，国民党七区专员刘其宽和广东省第七行政区保安副司令、两阳"剿匪"指挥所主任倪鼎桓率领省保警和四个县的联防队共2000多人，大举向恩、新和两阳接合部的青湾、珠环、泰垌、马狮田、蟠龙及塘坪山等山区疯狂"清乡""扫荡"，采取封村、封山、三面夹攻等方式，企图消灭共产党主力部队和各地的地下交通站。此时，我主力部队早已撤到外线，但塘坪总站和马狮田站还有30多名伤病员。各地交通站联络已中断，各个山脚路口已被敌人封锁，大敌当前，情况非常危急！为了保护好这批伤病员，李海和总站的交通员们把他们隐蔽在山上。每天，总站的同志把不多的米全留给伤病员煮粥充饥，自己却采摘野菜、拗竹笋等填肚子，没有盐就采摘山上的"盐霜柏"（俗称"盐灰籽"）代替。经过几天的坚持，十几位伤病员渡过了难关，敌人搜不到我军和伤病员的踪影，只好灰溜溜地撤回城里。

李海和总站的同志面对残酷的形势，仍然坚定乐观。敌人搜山"扫荡"过后，李海写了一首打油诗："游击战士不畏难，'扫荡'搜山只等闲。红草作被石为帐，漫山珍野盘上餐。硝烟弥漫虎狼叫，巍巍山上有机关。寒冬过后春日暖，红旗飘展换人间。"

过了一段时间，阳春县保警100多人再一次开入蟠龙"清乡""扫荡"，部分敌人上塘坪搜山。一天下午，六团政委吴子仁和保卫员欧圣通从春湾马狮田来到塘坪三家村，刚一进屋，就听到"啪、啪、啪"的枪声，他们走出门就看到一群敌人已经离他们不远。李海立即掩护吴子仁、欧圣通两人冲出屋子，向平天顶山峰奔去。敌人眼看追不上他们，就把住户盘奕合捉去蟠龙乡公所，对他进行严刑逼供。盘奕合强忍皮肉之苦，始终不肯供出我军和交通总站的机密。

漠东情报交通总站在蟠龙塘坪建立以来，在各个交通站发展了五六十人的交通员队伍。交通员们在极其恶劣和艰苦的环境下，怀着坚定的信念和对革命充满必胜的信心，依靠人民群众，每天顶风冒雨，跋山涉水，披荆斩棘，冒着被敌人逮捕和牺牲的风险，出色地完成了党和部队交给的通信联络任务。有的交通员付出了年轻而宝贵的生命，如马狮田交通站站长郭一、交通员肖全生，先农交通站站长邓水生等。他们的英雄事迹，永世流芳！

1948年秋，总站站长李海调去春中区（蟠龙），在陈运福、严仕郁的领导下，参加武工组工作。塘坪漠东情报交通总站则移交严仕光和邱先负责。

锄奸肃特，震慑敌胆

党组织和武工队在不断巩固、发展蟠龙根据地的斗争中，依靠人民群众，狠狠地打击了敌人。蟠龙人民也积极支持党和人民武装，各村都成了游击队的活动堡垒。国民党反动派和地主豪绅已不敢公开同游击队对抗，只能暗地里派遣特务和奸细，偷偷地搜集游击队的情报。针对这一情况，春中区委在粉碎了敌人多次"扫荡"后，发动群众在全乡展开了锄奸肃特活动。

大寨村保长梁奕敬、刘屋咀村保长欧圣文、林田黄沙村保长黎君，不敢公开对抗游击队，却在群众中散布流言蜚语，说解放军游击队在蟠龙地区活动会连累乡亲等。他们的行为被村民们检举出来，游击队立即对这3人实施拘留，作严肃警告和教育，并进行罚款，由亲属保释。后来他们再不敢议论游击队了。

蟠扶乡中心小学校长梁世珩，是敌人安插在蟠龙的情报员。1947年冬，他搜集我游击区情报向国民党县府密报。这件事被学校教师薛贻普发觉，薛贻普立即向游击队报告。陈庚马上命令武工队将梁世珩拘捕起来，监押在刘屋咀村堡垒户欧念钦（党员）的柴间里。陈庚亲自参加审讯，经过审讯，梁世珩承认他是直接与县长邓飞鹏联系的密报员。陈庚厉声呵斥："你这个败类，应该马上拉出去枪毙！"梁世珩吓得瘫软在地,忙磕头表示以后洗手不干了,乞求宽大处理。游击队最后罚他1800斤稻谷作军粮,由欧念钦(与梁世珩是亲戚)担保才把他释放了。

1948年,游击队得知在蟠扶乡公所任户籍干事的蒙高瑞是国民党特务分子。他经常搜集情报,向春城国民党汇报。同年初夏的一天,陈运福探知驻守在蟠扶乡公所的联防队暂时撤回了春城,就带领民兵4人,突入乡公所缴了全部枪支弹药,把还在乡公所里的蒙高瑞拉到山上枪毙了。后不久,又获悉塘薄垌村有个外号叫籴婆的女人,是个内奸,经常窝藏国民党密探在家住宿,并利用走村串寨卖籴的机会,搜集游击队的情报,提供给敌人。武工队调查清楚后,为平民愤,也将这位籴婆捉住枪毙了。还有一次,春城有3名敌兵化装入蟠龙企图拉兵和探听游击队消息,在途中被蟠龙群众识破了,群众马上把他们抓起来,送给游击队处理。

武工队开展锄奸肃特活动,震慑了敌人

经过一系列的锄奸肃特活动，显示了我游击队和群众的强大威力，震慑了敌人，使蟠龙境内的乡、保长们不敢乱说乱动，春城的敌人不敢单独进入蟠龙。广大群众也更大胆地与武工队接触和支持部队。其他地区的同志一到达蟠龙，就感觉像回到自己的家一样温暖，感到非常安全。

堡垒村中的堡垒户

在阳春市春城街道东北部约16公里处，有一条美丽的小山村。此村依山傍水，蟠龙河从村前潺潺流过。这条村叫刘屋咀，是粤桂边区党委广南分委、广南军分委成立的所在地。

在抗日战争和解放战争时期，刘屋咀村村民都义无反顾支持革命斗争，为革命作出了重要贡献。1943年，村中农户都配合地下党组织积极参加"大斗改小斗"交租和"二五减租"斗争。在战争年代，村民们无私无畏地掩护、接待、支持革命队伍，欧念昭、欧基圣、欧念钦、欧圣聪家都是游击队、部队指战员们常住的堡垒户。欧圣聪、欧念钦、欧圣通、谭植、欧圣蔡、欧英、欧炎7人先后参加了革命，其中谭植烈士是著名的恩平朗底战斗中的"镬盖山六壮士"之一。全村21户，军烈属就达7户。所以，刘屋咀村是有名的红色堡垒村，是抗日战争和解放战争时期的老区村庄。

在残酷的战争年代，该村涌现出许多可歌可泣的人物和感人故事。

（一）"大胆佬"欧念昭

欧念昭，住在蟠龙河边一座三间两进一天井旧式砖瓦平房里。

他身材魁梧，做事坚决勇敢，对人热情慷慨，帮助部队和游击队，不怕困难，不怕牺牲，每次都能很好地完成一些艰巨而危险的任务，故大家都尊称他为"大胆佬"。

1943年，蟠龙农民在地下党的组织下，对春城地主进行了"大斗改小斗"的减租斗争，后来也进行了"二五减租"斗争。欧念昭是佃中农，交租量大，在整个蟠龙中威望也大。他带领各村农民勇敢地同地主作斗争，最终取得了两场斗争的胜利。

1945年，部队打下了春湾银行，经济上一度较宽裕，但缺少枪弹。欧念昭知悉此情况后，就自告奋勇地向部队领导请示，愿冒风险去帮部队买弹药。这样，他就到恩平混在趁圩的群众中，买到两箱共1000发子弹，并想办法挑回到刘屋咀交给部队。此后，他还多次为部队购回黄色炸药、雷管、医药用品、油印工具、纸张，还成批买回电筒、电池、毛巾、鞋、布料、食盐等，交给部队使用。多年来，他为部队捐献了20多担稻谷，自己掏钱为部队购买了一支驳壳枪、一支左轮手枪、400发子弹。

1948年4月，欧念昭带李海到塘坪山建立了漠东情报交通总站，并给予了总站大力支持。同年8月，广东南路东征支队的一部分伤员曾在塘坪总站治疗。欧念昭每天都为总站准备好粮食、医药及一些生活用品等。每隔一两天，李海就派出"大只佬"黄纪兰下山到欧念昭家里挑米、油盐及医疗药品上山。塘坪情报总站站长李海称其家为地下情报交通站、物资供应站、医疗站。

广东南路东征支队800余人在支队司令兼政委欧初的带领下，经过长途艰苦转战，于1948年农历五月初五到达蟠龙根据地，进行为期24天的休整。很多指战员住在刘屋咀村。欧念昭热情地接待了这些部队人员，并妥善地安排好他们的住宿。他到各村发动村民，积极筹粮捐物给部队，筹到稻谷后，发动本村村民连夜磨谷舂米，以保证部队的伙食。

后来，经陈枫和部队同意，欧念昭由群众推荐，"出任"蟠扶乡副乡长。这样，使他一方面成为革命队伍安插在敌人组织内的一个"坐探"，对敌人的活动，只要他知道的，就能随时向我部队汇报；另一方面使我方逐渐掌控这个敌政权，使之成为"白皮红心"的据点。在任副乡长期间，欧念昭利用其职务上的便利，暗中为党为部队做了很多工作，蟠龙成了阳春国民党军队不敢轻易进来的地方。六团的领导人陈庚、陈枫、马平、曹广、吴子仁等都经常放心地在欧念昭家来往、住宿。

欧念昭对革命忠诚、斗争勇敢，在1947年还把自己的大儿子欧圣通送入部队，他家成了红色堡垒。新中国成立后，他当选为阳春第一届政协委员。

（二）革命家庭

在离欧念昭家不远的地方，有一户人家，户主叫欧基圣，是一个老实巴交的农民。他高大魁梧，平时靠杀猪宰牛卖为生。他行侠仗义，特别是看到共产党游击队是为穷人打天下的，就冒着危险鼎力帮助游击队。自从党在蟠龙开辟游击根据地后，他家也成了部队的交通站和武工队、六团领导同志等的常住地，在他家住的最少时有两三人，最多时有二三十人。全家人为了照顾好在他家住的同志，千方百计筹集粮食等物资，待同志们像亲人一样，无微不至。有一次，六团的领导曹广因在攻打潭簕乡公所的战斗中脚部受伤，就到欧基圣家里长住治疗。因为缺少药物，欧基圣就去同欧念昭商量。欧念昭说："你放心，我会想办法去春城买点药。如粮食缺乏，你就去我那里取，一定不能让曹广同志饿着。"欧基圣听了，像吃了定心丸。随后，他到山上采些生草药，给曹广疗伤。每天宁愿全家人吃野菜，也要熬米粥给曹广吃。经过一段时间的精心照料，曹广的伤就痊愈了，顺利地重返部队。由于欧基圣待部队同志如亲人一般，加上他立场坚定、对党忠诚，所以，过往的部队领导和战士都喜欢去他家住宿，也都信任他。部队几次把捉到的特务分子和反动地主、国民党政府人员都押到他家里监禁。

欧基圣的房屋有上下座，上座有四个房间。原来后墙是密封的，因考虑到防止敌人突袭，所以在后墙开了一个门口，便于游击队员撤退到屋背山。马平、曹广、陈枫建议，又在厅的正中砌了一根空心砖柱。游击队的一些文件和银圆没及时带走时，就从隐蔽的口子放进砖柱里，外人很难发觉。后来，游击队决定在欧基圣家设立一间油印室，印刷一些文件和宣传资料等。考虑到安全因素，就秘密挖了一个地下室。为了不声张，挖地下室的工作在夜里进行。游击队员李球、廖德、雷国赞、马千里等每天深夜挖掘地下室，并把挖出的泥运到附近的小河里流走，不被别人发现。经过多个夜晚的努力，终于挖好了一间约8平方米的地下室。游击队把油印机、煤油灯等搬到了地下室，另制作一把小木梯作上下地下室用。该室不但成为秘密油印室，还可以作队员们的临时掩蔽所，躲避敌人的搜捕。有一次，曹广在一次战斗中右脚受了伤，回到欧基圣家养伤。后被奸细告密，国民党派了40多名宪兵到欧基圣家捕捉。因事发突然，曹广没能及时撤退上山，只好躲在地下室里，逃过了一劫。

后敌人搜寻无果，恼羞成怒，放火把欧基圣的一间房烧了。

欧基圣不但自己参加革命工作，还带动老婆、几个女儿也帮助游击队做了很多工作。欧基圣的老婆叫刘少英，40多岁，经常帮游击队送信，每次送信都把信放在发髻里，多次躲过了敌人的盘问。可有一次她从蟠龙送信去春城，在头堡那梧路段被国民党兵捉住了，幸好被副乡长欧念昭保了出来。欧基圣的三女儿拜了马平为契爷，同曹广、陈枫等游击队领导非常亲密，大家都亲切地叫她小妹妹。

欧基圣的大女儿叫欧英，刚满14岁。她虽然年纪小，但聪明伶俐，经常接触到在她家来来往往的部队同志，心里已懂得他们和父亲都是为了穷苦百姓。欧英每次都主动协助父亲接待住在她家的部队同志。后来，在父亲的教育和带动下，她也参加了革命工作，为游击队传递情报。

有一天，武工队有一份重要的情报要及时送到恩平人民武装部队首长的手中。领导考虑到欧英是一个小女孩，敌人不会怀疑和发现，她自己也十分机警灵敏、胆大心细，所以把这个艰巨的任务交给了她。蟠龙至恩平路途遥远，途中还要跋山涉水，山路崎岖。但欧英一点也不害怕，爽快地对领导说："请领导放心，我保证完成任务！"游击队卫生员何姐亲自为她把情报藏在裤子里并打上补丁。欧英精神抖擞地出发了。一路上，她翻山越岭，渴了，就捧点溪水喝；饿得不行了，就恳求沿路村庄的群众施舍点食物。她走了6个多小时，终于把情报送到了目的地。恩平部队的负责同志都十分感动。后来，欧英参加了部队，跟着部队转战各地。

1948年春，中共中央香港分局为了便于联络，决定在粤桂边区党委属下设立一个分委机构，定名为粤桂边区党委广南分委（以下简称广南分委），专门负责领导云雾山区的茂名、电白、信宜及原中区所属的新会、高明、鹤山、高要（南部）、台山、赤溪、开平、恩平、阳江、阳春、新兴、云浮、罗定、郁南共17个县的党组织和武装斗争。同年五六月间，粤桂边区党委成员冯燊与谢创、吴有恒、欧初在蟠龙根据地会合，决定在刘屋咀村欧基圣家召开成立会议。6月10日，冯燊带了一名警卫员，来到欧基圣家，郑重地对欧基圣说："我们准备在你家里召开一个重要会议，请你注意刘屋咀村和邻村的情况，有事情及时报告，保证会议顺利进行。会场外围的警戒任务由我们安排战士们负责。"欧基圣忙说："好的，我保证完成任务，你们放心开会！"当晚，欧基圣就组织好了村中的几名积极分子。

中共广南分委、广南军分委主要领导合照
（左起）谢创、吴有恒、冯燊、欧初

6月11日，开会当天，欧基圣安排两位村民在春城入沉冲村的村口放哨，两位村民在刘屋咀村口暗中观察，还派一位青年农民和一名战士爬上刘屋咀村后山顶警戒。欧基圣本人则坐在他家的门口外拣花生，随时观察在村中走动的人。这次会议，由于军民联手，布置周密，所以开得很顺利。该会传达了香港分局的决定，宣布中共广南分委、广南军分委成立，书记冯燊（兼军分委主席），常务委员谢创、吴有恒（兼军委第一副主席）、欧初（兼军分委第二副主席）。

子夜夺粮

1944年秋，党组织在蟠龙开展了第一次群众性革命斗争，发动农民向地主进行改大斗为小斗交租的减租斗争，取得了胜利。1946年夏，陈枫又在蟠龙发动群众进行了减租减息斗争，反对国民党的征兵、征粮、征税；在减租的同时，还进行减息斗争，并改变了农民送租的规例（过去蟠龙佃农要把租谷送到春城地主处）。从此，地主一般不敢随便入蟠龙收租谷。1949年春，我党组织特别安排堡垒户欧念昭进乡公所当副乡长。到后期乡政权所推行的政令不出乡公所堡垒之外，无法征兵、征粮、征税，乡兵连伙食也难维持。1949年5月，乡公所断粮了，又无法在乡内筹借，只好去春城买，请农民挑运。游击队获悉后，由陈占带了3名队员，在蛇尾庙处（现龙尾寺）将粮食截取了。第二天乡公所再派人去春城运，又被游击队截取了。押运的乡兵向陈占求情："我们今晚确无米下锅了，你们取大多数，留一点给我们做晚餐吧！"

1949年夏收期间，国民党政府见在蟠龙征不到粮、税，就决定用武装强征的办法。一天，敌人派出一个保警中队，气势汹汹地到蟠龙强征田粮赋税，并预计到没有农民肯受雇担谷，就征用了多条小木船从蟠龙河进来，计划从水路运粮出城。到蟠龙后，这班保警端着枪，凶神恶煞般地到各村寨，威胁和强迫村民交出粮食。折腾了一整天，敌人强抢到了几十担谷，装满了6条小船。这时，天已黑了，保警们又饿又累，再说天黑了，又不敢开船，因此他们把装满粮食的6条船全部停靠在门楼坡村前的河边，只留下6名船员和2名保警看守，其余人员匆忙地赶回响石村的蟠龙乡公所炮楼吃饭、休息。

得知国民党保警中队到蟠龙强行征粮的消息，地下交通员立即报告了春中区委。区委迅速向上级请示。上级指示不能让敌人的行动得逞，经研究，决定组织一次"夺粮"行动。这一行动的指挥落在了春中区区委委员严仕郁身上。严仕郁是蟠龙新寨人，严仕铭的胞弟。严仕郁在黄云的教育培养下，也入了党，参加了革命斗争，他立场坚定，斗争坚决、勇敢，曾几次指挥及参加攻打蟠扶乡公所炮楼的战斗。严仕郁接受任务后，同几位骨干研究确定了战斗方案。趁夜幕降临，严仕郁带领几名区队队员和农会积极分子，连夜到新寨、鹊垌、大寨、塘薄垌、迳口等村悄悄地发动村民，向他们讲明行动目的和做法，并承诺把抢到的粮食按二八分成，20%交部队作军粮，80%由运粮农民所得。村民们都觉悟很高，对国民党、地主的征粮征税恨之入骨。听了严仕郁他们的动员后，个个都摩拳擦掌，纷纷备好扁担、箩筐等。

深夜时分，严仕郁派七八名区队队员和民兵埋伏在响石村蟠扶乡公所的周围，监视在炮楼里的敌保警中队，再把各村参加"夺粮"行动的农民集中在果园村面前的河滩上待命。然后派出几个尖兵摸到敌人停着粮船的地方，侦察敌人的看守情况。当夜，万籁俱寂，天空中只看见点点星光。严仕郁亲自带了几个区队队员到门楼坡村的河边，隐隐约约见到两名保警在一条船的船弦上抽烟，但还紧紧地背着枪。几名船员已躺在河滩上睡着了。这时，严仕郁觉得不能轻举妄动，要先解决这两名保警。他就示意一名队员到河边的一棵苦楝树头下吸引敌人，他们几个就绕到船边，伺机行动。布置停当，蹲在苦楝树下的队员就"咕咕、咕咕"地学起了斑鸠叫。这时，船上的两名保警听到声音后，一下子跳下船舷，端着枪往河滩上走来。说时迟，那时快，埋伏在两边的队员们以迅雷不及掩耳之势从两边包抄过去，拦腰将两名保警摔在地下，并立即缴了他们的枪，低声吼道："不要叫！我们是武工队！"两名保警被这突如其来的举动吓蒙了，乖乖地说："我不叫，我不叫！请饶命，请饶命！"捉到这两名保警后，几名队员把两人押到离塘垌村约1公里处的蛇尾庙关押。严仕郁一面叫醒了熟睡的6位船员，叫他们就地坐好，不要乱动，一面派人迅速跑到果园村河边，叫村民们马上到船上挑粮食。此时，农民们蜂拥而至，争先恐后地跑到船上，把粮食搬下船。大家挑的挑、抬的抬，一阵功夫就把几十担粮食全部挑光了。

严仕郁估计挑粮的农民已到了目的地后，就通知包围和监视乡公所炮楼的队员断断续续地放枪。在乡公所炮楼睡得正香的保警和乡兵听到枪声，不明虚实，当晚不敢出来。区中队撤退前，把两名关押的保警释放了，并叫6位船民敲锣去乡公所报告。第二天早上，保警们到船上一看，几船的粮食已经颗粒无存。敌人恼羞成怒，恨得咬牙切齿，但却无可奈何，只好循着脚印，妄图追踪到粮食的下落。敌人追到了迳口村，并到每家每户搜屋，捉了农民刘计生。刘计生虽然参加了劫粮行动，但他坚决否认。敌人查无实据，只好把他放了。

敌人这次用武力到蟠龙征粮，虽然强征到一些，但又被劫走了，想再强征，也无人肯交，更怕挨打受损失，只好叫船民撑着空船回去，他们也灰溜溜地撤回了春城。

武工组把国民党保警强征到的粮食全部夺回

三打蟠扶乡公所

蟠扶乡公所位于蟠龙响石村内，乡公所内有一座炮楼，经常驻有乡兵、保警、联防队等。国民党以此为据点，在蟠龙为非作歹、鱼肉百姓。我部队及地方武工队为了拔除此据点，对乡公所进行了几次围攻。

1947年冬，邓飞鹏到阳春任县长。敌"两阳剿匪指挥所"和县府制订了一个"三路围剿"远途奔袭游击区的计划，并拟订了围捕杀害共产党员及积极分子的黑名单。敌人计划于1948年2月11日（农历正月十二日）"进剿"蟠龙根据地。此计划被我党派进阳春县长秘书室任事务员的柯明镜当夜报告给春城党组织，党组织迅即通知蟠龙根据地部队领导，布置好反"围剿"斗争，并通知在蟠扶乡公所以干事身份进行地下革命工作的严仕郁立即离开乡公所到部队去。严仕郁当晚就和游击队员钟景宏、何明以及梁传队、梁传盈、梁传谋等人离家上山。可是敌人推迟了行动日期，直到正月十七才入蟠龙。正月十六晚上，严仕郁带领梁传队、梁传盈、钟景宏等几人趁大部分乡兵不在乡公所时，冲进炮楼里，把守楼的两个乡兵绑住，夺走了乡公所里的手提机枪1支、驳壳枪3支、步枪4支。收缴了这些武器之后，他们迅速撤退。第二天，敌保警两个中队远道奔袭蟠龙，见到乡公所的枪支被游击队夺走，十分恼火，疯狂地搜山、搜村。

敌人这次的新年"扫荡"扑了个空，一无所获，"扫荡"了数天后，只好留下一个排保警驻守在乡公所里，其余的就撤回县城。

1948年2月底，马平、陈庚、曹广、陈枫等在敌人的主力撤退后，从恩平回到蟠龙，即组织起在春中地区的游击队和民兵，决定用夜袭的办法"吃掉"留在蟠扶乡公所的一排驻军。当晚，夜深人静，陈枫带领几十人悄悄地包围了乡公所。先派一个突击组冲在前面。当时突击组的陈来已经摸到了炮楼下，想不到踢中了一块砖头，发出声响，被敌人的流动哨兵发觉了，敌哨兵大叫一声就跑回乡公所。陈来见势危急，就追着敌哨兵冲进乡公所大门，用快掣驳壳向里面打了一轮子弹，打伤了两个敌兵。但由于太突然，突击队后续队员没有及时跟上，陈来单枪匹马不敢再往二门冲，就退了出来。此次袭击，虽未获成功，但吓得敌人不敢再在蟠龙驻扎下去，第二天下午抬着伤兵溜回春城去了。

1949年9月，粤中纵队二支队司令员郑锦波率领主力钢铁营到两阳地区活动，先后驻扎在阳江珠环和石梯。10月，司令部制订了在蟠龙进行围点打援的作战方案，将驻在响石村蟠扶乡公所内的联防中队包围起来，先打敌人的援兵，后再解决据点问题。伏击部队布置好后，由六团政治处主任陈庚带领陈来、陈永溪所在的第一连，春中区陈运福带领区中队一部分队员，一齐围困乡公所。围点的枪声响起了，敌人乱作一锅粥。这时，围点人员故意不切断敌人的电话线，让敌人打电话向春城告急求援。敌人果然中计，派了一个连又一个排的兵力向蟠龙增援。我军在马岭埋伏的部队不到10

分钟，一举全歼了敌人的尖兵排，迫使国民党增援的一个连退回了春城。

打援战斗胜利结束后，我军攻击乡公所的战斗接着打响了。陈庚指挥一连的战士从乡公所的正门进攻，陈运福带领队员们从两侧夹击。顿时，枪声、手榴弹声响彻了蟠龙峒上空。敌人躲在炮楼里，知道从春城来增援的队伍被消灭，感到孤立无援，无心恋战，应付性地抵抗了一会儿，就乖乖地举白旗投降了。这一仗，我军攻克了乡公所，摧毁了蟠扶乡政权，以一场精彩的胜利迎接阳春的解放。

突袭蟠扶乡公所

围点打援伏击战

　　1949年9月，粤中纵队二支队司令员郑锦波带领主力钢铁营到两阳地区活动，部队驻在阳江珠环，后转到石梯。当时国民党在阳春县蟠扶乡响石村建有一座炮楼，设立有国民党乡公所，驻扎着一个联防中队。10月，二支队司令部为拔掉这个据点，制订了围点打援的作战方案，将驻扎在蟠龙响石村敌乡公所内的联防中队包围起来，先打掉敌人的援兵，再解决据点的敌人。第一天，部队领导派当地武工组的李培、严仕郁带队员到头堡与蟠龙交界处选择伏击阵地。第二天，钢铁营营长郑祯再次到选定的伏击地点马岭，绘制了地形图，最后司令部同意在茅坡马岭处设立伏击点。

　　制订好作战计划后，部队立即兵分两路开始行动。指挥围攻敌乡公所的是六团政治处主任陈庚，他带领陈来、陈永溪的第一连及陈运福的区中队一部分队员围困敌乡公所。指挥马岭伏击战的是支队副司令员杨子江，参加伏击战的有支队主力钢铁营、六团的一个连和春中区部分武工队员，共400余人。参战部队从阳江石梯夜行军到达蟠龙（今金坪）的孔塘村，于天亮前进入埋伏位置。指挥部和重机枪阵地设在狮子岭顶；六团一个连埋伏在门楼迳山顶；营长郑祯带领主力钢铁营的大部分战士和武工队埋伏在茅坡北边荒地稔子树丛和料坑中，负责冲锋歼敌。

围点战斗打响了。六团政治处主任陈庚率领的一个连及春中区中队，向响石村的蟠龙乡公所敌据点发起了攻击，敌据点周围响起了阵阵枪声。我军有意不斩断电话线，让被包围的敌人向春城告急求援。

天渐明亮，晨雾也逐渐消散。在马岭周围埋伏的指战员们紧紧地盯视着前方的路上，但仍未见有任何动静。大家都十分焦急，心想：难道敌人知道了风声，不上我们的圈套？时间一分一秒地过去。正在这时，指挥员从望远镜中看到春城的援敌已姗姗而来。战士们立即抖擞起精神，握紧枪杆，准备战斗。可这些敌人非常狡猾，他们增援的队伍有一个连兼一个排。他们只派一个排作尖兵，其余一个连相隔约1公里跟着慢慢行进。当敌尖兵排进入我军伏击圈后，忽然走向马岭，企图登山搜索。这时，若让敌人继续登山，必定会发现埋伏的我军，如我们发起攻击，敌人后续部队肯定会向后跑掉。在这千钧一发之际，副司令员杨子江当机立断，一声令下："打！"顿时，四面山上机枪声、步枪声立即响成一片，猛烈的火力集中向敌群扫去。随着我军冲锋号一响，山上山下各隐蔽点的战士一齐冲出，像猛虎下山般冲向敌群，杀声震天。敌人被这突如其来的火力吓呆了，个个都晕头转向，来不及还枪就被我军逼到了料坑中，有的吓得连忙跪地举枪投降；有的跌落水坑中，浑身湿透，像落汤鸡。敌排长余仲流还企图举起机枪负隅顽抗，被我军一名战士用一手榴弹砸在他手上，他痛得嗷嗷大叫，乖乖地放下了机枪。走在后面的一个连的县保警，远远听到枪声，知道遇到了伏兵，但摸不透我军有多少兵力，不敢贸然增援，远远放了几枪，就仓皇逃回了春城。

这次伏击战，打得非常干脆利落，整个战斗只用了10多分钟，全歼敌人一个排，俘虏了敌排长余仲流等32人，缴获轻机枪1挺，长短枪30支。不久，拔掉了蟠扶乡公所。

粤中纵队二支队指战员和蟠扶乡部分民兵在马岭伏击敌人

烈士英魂，浩气长存

蟠龙，这块热土，在革命战争年代发生过许多可歌可泣的革命斗争故事。蟠龙人民，为了推翻旧社会，建立新中国，作出了无私奉献和牺牲。在这块红色根据地上，不少英雄志士浴血奋战，献出了年轻而宝贵的生命。逝者已去，但我们永远不能忘却他们！

从1940年至1949年12月阳春解放，蟠龙儿女在残酷的战争年代英勇牺牲的烈士有钟景宏、罗光、谭植、黄选盛、薛贻普、李佐、梁浓、欧景云等。

谭植是刘屋咀村人，1947年4月参加粤中纵队广阳支队，是五团的一名战士。1949年夏，人民解放战争即将取得全国胜利的时候，国民党广东当局为败退海南作准备，增兵粤中地区，妄图控制粤西大动脉广湛公路中段。7月8日，国民党军600多人偷袭驻扎在恩平朗底游击根据地的粤中人民武装。当时我军只有300多人，敌我力量悬殊。部队在欧初（粤中军分委副主席）和马平（广阳支队五团团长）指挥下和敌人展开了激烈的战斗，并派出红星连一个排在吴宽副排长的率领下，勇猛地抢占镀盖山高地，同原在山上警戒的战士会合阻击敌人。

下午3时左右，我军部队同敌军激战一个多小时后，决定主动撤退。在镬盖山山顶上的吴宽和关森、苏宙、吴浓、谭植、关华5位战士主动留下来，掩护其他战士撤退。吴宽等6人为吸引敌人，顽强地向敌人扫射。敌人从山下蜂拥而上，把他们团团包围住。敌人看到只有6名战士在抵抗，更加疯狂地叫嚣："捉活的！捉活的！"这时，6名战士战至弹尽，他们坚决不当俘虏，毅然把枪支砸坏后，手拉着手，拥抱在一起，高呼"共产党万岁""为革命尽忠到底"等口号，由吴宽拉响了最后一颗手榴弹。谭植等5名战士当场壮烈牺牲，关华重伤后获救。他们用生命和鲜血谱写了一曲气壮山河的英雄壮歌，被称为"镬盖山六壮士"。

罗光，大寨村人，出生于1918年，1947年冬参加中国共产党，同年任蟠龙农会会长，领导蟠龙农民开展减租减息和反"三征"斗争。1948年2月，国民党军进蟠龙"扫荡"，罗光不幸在家里被敌人围捕。敌人对他严刑拷打，逼其供出农会干部和游击队的去向。罗光坚贞不屈，被敌人打断腿骨，皮肉糜烂、鲜血直流。敌人又用石灰蘸其伤口，罗光昏死过去，敌人又用凉水泼醒再审。他始终强忍疼痛，咬紧牙关拒不招供。敌人无计可施，就用竹箩把他抬至荔枝根村边的马褂塘，将其残忍地杀害了。

钟景宏，1926年出生在黄京社村，1943年在蟠龙中心小学读书，受到中共党员黄云、校长严仕铭的教育和培养，参加了中共阳春党组织领导的抗日少年先锋队。1945年3月，跟随黄云参加了广东人民抗日解放军第六团，同年加入中国共产党。1949年任中共江北区委委员。他立场坚定，作战勇敢，在当地颇有影响。

1949年9月的一天，钟景宏率领武工组到阳江塘坪赤岗村活动，被村中的国民党奸细告密。阳江县敖敏昭带领宪兵团团包围了该村。等到钟景宏他们发现时，敌人已严密封锁了村子的各个出口。钟景宏和武工组组员林冬、黎道雄、区华贵、陈世伦等分头顽强反击，想冲出敌人的包围圈，但终因寡不敌众，战至弹尽后被敌人逮捕。区华贵、陈世伦被敌人拉到塘坪圩杀害了。敌人知道钟景宏是共产党区委委员，妄图从他口中得到共产党和武工队的机密，就把他押到阳江县城施以毒刑，打烂肌肉后再蘸盐水。钟景宏虽痛彻心脾，但坚贞不屈，怒目圆睁，痛骂敌人："人民解放军已南下快到广州，你们离死期已经不远了！"敌人黔驴技穷，想从他口中得到有用的东西的计划落空了。

同年9月6日，遍体鳞伤的钟景宏被人抬着，在阳江城的东郊和林冬、黎道雄一道被敌人杀害了。

黄选盛（1908—1945），一区蟠扶乡田寮村（今属岗美镇）人。武艺高强，臂力过人，曾为舞狮班主。

1945年2月17日，黄选盛受两阳党组织的委托，负责召集广东人民抗日解放军阳春县抗日游击队。此消息为国民党轮溪乡长谢仲云侦悉上报。2月21日凌晨，国民党军警100余人包围其家，黄选盛临危不惧，从容不迫地烧毁了党的机密文件，埋藏好筹建抗日部队用的枪支弹药以及筹集的银圆，安排好游击队员麦广水等2人化装成村民赶牛出村犁田而撤走，敌人只是在周围叫喊，不敢进屋半步。直至下午，敌人向村民言，黄选盛如不出村谈判就放火烧村。黄选盛为了群众的利益，挺身走出村边，被敌人逮捕，受尽毒刑，宁死不屈。他是党外统战人士，却严守共产党的机密，坚决不吐露中共中区特委、阳春分委领导的情况和军事计划。同年3月3日敌人要行刑，畏其精通武功，以铁钉贯其脚，黄选盛血流满地，就义于春城东郊。

诗曰：

中华大地起狼烟，浴血春州弹雨连。

跃马挥戈砸旧制，舍生忘死换新天。

青山洒泪埋忠骨，碧海扬波颂杰贤。

不忘初心承伟业，强军富国立千年。

二、蟠龙革命斗争大事记

1940年3月（农历二月），中共阳春特支委员黄云（黄昌熺）到蟠龙乡中心小学任教师，以教师职业为掩护，开展党组织和根据地的创建工作。

1942年9月，为了在阳春东山蟠龙建立抗日根据地，中共恩（恩平）阳（阳江、阳春）特派员周天行派黄云重返蟠扶乡中心小学（原蟠龙乡中心小学）任教师，开展党的工作。住在时任蟠扶乡副乡长、蟠扶乡中心小学校长严仕铭家的一间杂物房里。白天教学，晚上同一些农民积极分子和进步学生谈心。同时，周天行又抽调党员陈华森（化名陈树德）、陈明到蟠龙沉冲小学任教师，加强蟠龙党的工作。后黄云发展培养了严仕铭，严仕铭于1943年2月经党组织特殊批准加入了中国共产党。黄云结交了一批农民积极分子，在高小学生中建立了抗日少年先锋队，培养教育严仕铭的弟弟严仕郁和欧圣聪、钟景宏、陈义坳等一批进步学生。为1945年春广东人民抗日解放军到达阳春建立六团打下了良好的群众基础。后来这批进步学生都参加了六团。

1944年秋，党组织在蟠龙开展了第一次群众性革命斗争，发动农民向地主进行改大斗为小斗交租和"二五减租"斗争。严仕铭在陈树德的直接指导下，同国民党政府和春城的大地主进行了有理、有利的斗争，号召农民坚决以小斗交租，并取消送租出春城的规例，这场减租减息斗争最终取得了胜利。

1945年12月下旬，中区临时特委决定，统一部队与地方党组织的领导，加强阳江、阳春两县党的组织的领导力量，撤销两阳工委，分别成立中共阳江县委和中共阳春县委。中共阳春县委第一次会议在蟠龙观音山梁金生家召开。黄云派交通员通知在春城的伍伯坚和在先农的李重民到观音山参加会议，严仕铭列席会议。中共阳春县委第一次会议贯彻分散活动和长期隐蔽的方针，宣布了中区临时特委的决定：黄云任县委书记，李重民任县委委员、组织部部长，伍伯坚任县委委员、宣传部部长并负责联系原来的地下党员。

1946年，两阳武工委委员陈枫在蟠龙取得了"大斗改小斗"交租和"二五减租"斗争胜利的基础上，再次宣传和发动群众进行减租减息斗争和反夺佃斗争（即把田租减至原租量的四五成），又取得了胜利。农民通过减租减息，取得了很大的经济利益，更加拥护共产党和解放军、游击队，这对发展和巩固蟠龙游击根据地起到了重要的作用。

1946年5月，两阳部队干部在织箦牛岭召开会议，传达中共广东区委关于"隐蔽精干、长期埋伏、积蓄力量、以待时机"的方针，布置陈庚、陈枫、马平、曹广等人留在蟠龙带领武装人员坚持斗争，其余的武装人员都化整为零，进行隐蔽斗争，暂把武器掩藏起来，本地人员回家隐蔽待命，外籍人员如梁源、阮明、陈来、黄余悦、李培等则随陈庚上山烧炭，主要是到大滑上洒村交界的烟朗红罗根深坑开荒耕种、烧木炭出卖。1947年秋，分散隐蔽的武装人员又重新集结在一起投入战斗。

1947年8月，党组织派陈运福到蟠扶乡任蟠龙大寨积崇小学校长，担任蟠龙党支部书记。当时有党员钟景宏、欧圣聪、岑伙生及薛贻亨等。后发展了梁楷、罗光、陈义珣、欧念钦、梁传焜、张志钿、薛贻绅、薛贻铎、梁振、严仕郁等加入中国共产党，蟠龙党支部有党员15名。

1947年秋收期间，蟠龙党支部在两阳武工委委员陈枫的支持指导下，发动群众成立了蟠扶乡农会。领导农会工作的是陈运福。农会选举罗光为蟠扶乡农会会长，严仕郁为副会长。全乡设三个分会，一分会主席罗光（兼），二分会主席薛贻铎，三分会主席梁运乙。两阳特派员李信亲自为农会起草了章程。

1948年春，中共阳春县委成立了春中区委，责任地区除蟠扶乡外，还包括阳江县江北的珠环、和平等地方。区委书记为陈枫，委员有黎光、陈运福。

1948年春，广东南路东征支队800余人在支队司令员兼政委欧初的率领下，经过长途艰苦奋战，于农历五月初五到达蟠龙与两阳总队（包括漠东、漠南、西山等大队）200多人会师，加上地方区中队、武工队等，共计1000余人，汇集于蟠龙根据地，进行为期24天的集训休整。在此期间，蟠龙群众积极筹粮捐物给部队。筹到稻谷后，连夜磨谷春米，以保证部队的伙食，并腾出房屋，供部队同志住宿。此外，还发动村民到处筹药、采摘生草药等为部队伤病员疗伤治病。

1948年4月，党组织为了便于传递信息和加强各交通站的领导，在蟠龙塘坪设立了漠东情报交通总站，第一任站长为李海。李海调走后，总站由严仕光和邱先负责。塘坪总站联络的地下交通站有：

马狮田站、瓦盎站、山表站、珠环站、泰峒站、上洒站、茶园站、沙田峒站、罗角田站、扶民站、清湾站、高峒站、林田站、屋面塘站、刘屋咀站、夹河站。

1948年6月11日，冯燊、谢创、吴有恒、欧初等在蟠龙根据地刘屋咀村欧基圣家召开了一个重要会议。会议传达了香港分局的决定，宣布中共广南分委、广南军分委正式成立，书记冯燊（兼军分委主席），常务委员谢创、吴有恒（兼军委第一副主席）、欧初（兼军委第二副主席）。这个分委机构，专责领导云雾山区的茂名、电白、信宜及原中区所属的新会、高明、鹤山、高要（南部）、台山、赤溪、开平、恩平、阳江、阳春、新兴、云浮、罗定共17个县党组织和武装斗争。

1948年7月，陈运福继陈枫接任春中区委书记，陈冬、严仕郁为委员。

1948年夏秋期间，国民党广东当局实行"肃清平原，围困山区"的第二期"清剿"计划，两阳漠东、漠南山区遭到国民党军队残酷的"清剿"。根据上级的指示，两阳武装临时指挥部率领广东人民解放军广阳支队第六团和漠阳独立大队主力，三次"挺进平原、保护山区"。10月9日，与国民党军周旋了三个月的两阳人民武装主力在阳江捷轮乡东山、上下麻浪朗等地宿营，被国民党军包围袭击。突围后，又同敌人在先农乡龙塘岭激战了一天，半夜转移到蟠扶乡蒙田迳（今属岗美轮岗村委会），两阳武装临时指挥部决定在蒙田迳两侧设伏。11日下午，国民党阳春保警140人跟踪至蒙田迳，进入我军伏击圈时，两阳武装部队发起攻击，猛烈的炮火把敌人压在坑底。此战毙敌8人、伤10多人、俘2人，缴获步枪数支。

敌军遭此沉重打击后，再也不敢跟踪追击两阳部队。

1948年7月上旬，我两阳游击队获知一支国民党军队正从春城进到蟠龙"清剿"。"清剿"的目标是接近蟠龙乡上洒、大朗（今均属阳东区）等我游击队经常活动的地方。我游击队领导决定在蟠龙大滑村与上洒村交接的烟朗山坳伏击敌人，组织正在蟠龙活动的游击队员和部分民兵，埋伏在烟朗山坳的两边山上。过了正午，敌人从春城直奔蟠龙大滑村，又马不停蹄直扑上洒、大朗等村，妄图给游击队来个突然袭击。想不到刚进入烟朗山坳，就遭到了我游击队的伏击。敌人惊慌失措，双方展开了激战。我军占据有利地形阻击敌人，击毙了1名敌兵，使敌人不敢前进。敌人不敢恋战，灰溜溜地逃出了蟠龙。

1948年7月，国民党军队组织兵力到蟠扶乡游击根据地进行大"清剿"。当时，我两阳游击队一支队伍正撤退到林田村，在大麻岭休息时，正好遭遇到"清剿"的国民党军队。我军在大麻岭顶同在对面山上的敌人展开激战。其中林润和另一位队员被敌机枪击中，当场牺牲。后我游击队英勇地击退了敌人的进攻。敌人摸不清我军有多少人数，不敢贸然进攻，在天黑前只好撤回了春城。

1948年12月，粤中区第一个县级人民政权——阳春县人民民主政府在蟠龙白坟村正式成立。县长黄云（此时在中共华东区党校，仅用其名扩大影响），副县长陈庚、陈枫。副县长分工：第一副县长陈庚兼管六团政治工作，随部队行动；第二副县长陈枫管行政工作，常驻蟠龙鹊峒，领导根据地游击区组建农会、民兵队伍和开展"二五减租"斗争、征收军粮。

1949年夏，国民党阳春县政府派出一个保警中队到蟠龙征粮、征税，强抢到近100担稻谷，装满了6条小木船，傍晚停靠在门楼坡村前的河边，保警人员回乡公所休息。春中区委得知情况后，决定组织一次"夺粮"的行动。当夜，区委委员严仕郁派七八名区队队员和民兵埋伏在响石村蟠扶乡公所炮楼的周围，监视炮楼里的敌保警中队。再动员各村的村民在午夜时分到6条船上，把保警强征到的稻谷全部运走了。此后，国民党县政府再也不敢派人入蟠龙征粮了。

1949年9月，粤中纵队二支队司令员郑锦波率领主力钢铁营到两阳地区活动，驻扎在阳江珠环和石梯，10月制订了在蟠龙进行围点打援的作战方案。派一部分战士将驻在响石村蟠扶乡公所内的联防中队包围起来，放枪佯攻，故意不切断敌人的电话线，让敌人打电话向春城告急求援。与此同时，派400多名战士和民兵埋伏在春城进入蟠龙的必经之路马岭路段，伏击救援的敌人。敌人果然中计，派兵力向蟠龙增援。在马岭伏击的我军以排山倒海之势，不到10分钟就全歼了敌人的一个尖兵排，俘获了敌排长余仲流等32人，缴获轻机枪1挺，长短枪30支。敌人的后续部队怕挨打，急忙掉头撤回了春城。我军不久拔掉了蟠扶乡响石乡公所。

1949年10月，蟠扶乡人民民主政府成立，陈占任首任乡长，阳春县人民民主政府副县长陈枫参加了乡人民民主政府成立大会，并作了讲话。

新民主主义革命时期牺牲的革命烈士：

黄选盛，男，1917年出生，阳春岗美麦垌（原蟠扶乡田寮村）

人。他武功高强，是党外统战人士。1945年2月17日，黄选盛受两阳党组织的委派，负责召集广东人民抗日解放军阳春县抗日游击队。2月21日被国民党军警包围。为保护群众利益，他被敌逮捕。被捕后，受尽酷刑，宁死不屈，后被敌人用铁钉贯其脚，就义于春城东郊。

梁浓（梁谷），男，阳春春城蟠龙人，1945年3月参加广东人民抗日解放军第六团，1946年10月在阳江麻汕牛场河攻打国民党解款电船战斗中牺牲。

欧景云，男，阳春春城蟠龙人，1946年10月在阳江麻汕牛场河攻打国民党解款电船战斗中牺牲。

罗光，男，1918年出生，阳春春城金坪大寨村（原蟠扶乡大寨村）人，1947年加入中国共产党，蟠扶乡农会会长。1948年2月，在家里被国民党军围捕，被敌严刑拷打，但他坚贞不屈。后敌人用箩筐把他抬到荔枝根村边的马裥塘残忍杀害。

薛贻普，男，1925年出生，阳春春城蟠龙沉冲村人。1946年参加两阳游击队，1948年7月在蟠龙大滑执行任务时牺牲。

林润，男，1929年9月出生，阳春岗美人；1947年10月参加两阳游击队；1948年7月在蟠扶乡林田战斗中牺牲。

李佐，男，阳春春城金坪大寨村人，1947年参加两阳游击队，后参加六团；1948年在春城篱竹山被国民党军杀害。

谭植，男，1932年出生，阳春春城蟠龙刘屋咀村人。祖籍台山，日本军侵华期间为躲避日本飞机轰炸，其母吴务贤带他逃难至阳春蟠龙刘屋咀村，之后他们成为欧阳立介的妻儿。1947年春在堂兄欧圣通的带领下参加了粤中纵队广阳支队，是五团的一名战士。1949

年夏在恩平镶盖山战斗中牺牲，是著名的镶盖山六壮士之一。

杨棉牛，男，阳春春城人，1949年参加春中游击队，同年8月在攻打蟠扶乡公所战斗中牺牲。

钟景宏，男，1926年出生，阳春春城蟠龙黄京社村人，1945年参加广东人民抗日解放军第六团，曾任中共江北区区委委员。1949年9月在阳江塘坪赤岗村被国民党军围捕，受尽酷刑，遍体鳞伤，但他顽强不屈，后被敌人抬着在江城游街，于阳江城东郊被敌人残忍杀害。

蟠龙堡垒户和交通联络点户主名录：

黄京社钟廷均，新寨严仕郁，刘屋咀欧念昭、欧念钦、欧基圣，大滑顾德才，观音山梁金生，鹊垌梁二姆，发王坪梁浓，上洒岑伙生，大朗李宗茂，黄塘吕绍恩，稔垌陈逢昌，白坟李传彬（当时在蟠龙白鸠冲山建一山寮屋作部队往返蟠龙与扶民的交通联络点），下塘坪村盘奕合（漠东情报交通总站）。

三、蟠龙游击根据地的发展和中共春中区委

在纵贯两阳的东山山脉中部，阳春县城东边有一个蟠龙堡（包括现蟠龙、金坪两个村），1942年至新中国成立初期的行政区域属蟠扶乡（加上林田和扶民）。蟠龙东、南、北三面高山环绕，西边山势较缓，有小路沿蟠龙河自东向西通向春城城北。蟠龙河流经马岭段有一个两山夹河对峙的峡谷，地势险要。蟠龙在抗日战争后期和解放战争期间，是阳春人民武装斗争最主要的游击根据地之一。

蟠龙游击根据地的形成，经历过从地下活动到公开武装斗争，从小到大，不断巩固扩展的过程。1940年春至1945年春是党组织在进行地下活动的初步创建时期，当时是以新寨村为革命活动中心阵地。1945年春至阳春县解放，为公开武装斗争时期，开始以平天顶西麓的大朗、发皇坪、上洒、木头垌（属阳江县）、下塘坪等村庄为基点，逐步往西向观音山、大滑、刘屋咀、沉冲、新村、黄京社、乌石迳、大旱等靠山的村庄发展；嗣后，整个根据地发展到包括现在蟠龙、金坪、林田、扶民、留垌大队的全部和头堡、茶河、河山管理区的部分；与江北根据地的珠环、泰垌、石梯地区，恩平县青湾根据地等连成一片。1949年春以后，春中区以蟠龙为依据，武工组的活动地区逐步扩展到黎湖、春城东北郊区以及漠阳江西岸的三湖、龙岩等地。随着整个阳春县革命形势的发展，敌人对根据

地从进攻"扫荡"逐步完全转入防守。1948年以后，蟠龙的国民党乡政权虽然形式上还存在，并且派有一个联防中队驻扎防守，但敌人在蟠龙所能控制的范围只限于乡公所的四围木栅闸内。乡公所所在村庄，游击队白天黑夜都可以随时进出。阳春城的敌人，没有一两个连的兵力，不敢进入蟠龙；根本不敢派出几个人到蟠龙来搞征兵、征粮、征税。敌人把第二道防线设在春城周围：在三湖墟设驻了一个联防中队，在头堡封村搜捕武工组和革命群众，在城郊通往蟠龙的路口处，将原来设置的一个班哨增加到一个排的力量，以监视和盘查从蟠龙方向来的所有行人。敌人的这种戒备措施，限制不了游击队的活动，却给阳春城的地主造成风声鹤唳的感觉，不敢进蟠龙收租了。

蟠龙根据地的创建工作，是从1940年春开始的。当时中共阳春特支为了在农村开展武装斗争，把蟠龙选定为武装斗争的根据地之一，派黄云（黄昌熺）以小学教师职业为掩护，到蟠龙开展工作。选定蟠龙为游击根据地的基点，是考虑到它具有如下的客观有利条件：

第一，地理条件。它与阳春、阳江、恩平、新兴等几个县接近的山区，都是敌人统治比较薄弱的地方，对开展游击战争有较大的回旋余地。

第二，社会条件。一方面当地封建势力比较薄弱，两户地主和所谓士绅分子都是统治手腕较弱的人，对开展革命武装斗争，不太可能形成大的阻力；当时地方上比较有威望的是严仕铭，他出身于中农家庭，是蟠龙的第一个中学毕业生；另外，当地农民深受地主剥削压迫，生活十分贫困，容易接受革命道理和要求。

第三，生产条件。蟠龙河横贯东西，两岸农田出产粮食，有利于解决武装队伍的生活给养问题。以后的实践证明特支委的决定是正确的，以上这些地理和社会条件，的确有利于根据地的形成和发展。

1940年春，黄云到蟠龙乡中心小学任教员，严仕铭任校长。学校与蟠龙乡公所同一个大门进出，当中一面墙分为两边，北边是学校，南边是乡公所。黄云认为在学校活动不方便，就住到离学校不远的新寨村严仕铭家里。黄云经常访问学生家长，深入农村，和农民一起谈心，毫无知识分子架子，和基层群众建立了深厚的感情，做了大量的抗日宣传教育和革命教育工作；对严仕铭进行了党的教育。1940年秋，严仕铭被排挤调到保国民学校任校长，他既不到任又不辞职，以示抗议，自愿到阳春中学当教务员。黄云根据党组织的指示也离开蟠龙，去春湾工作，1942年秋再次回到蟠龙小学工作。1942年蟠龙、扶民两乡缩编为蟠扶乡，这时乡长陈国福兼任校长，严仕铭被群众选为副乡长，兼任中心小学教导主任主持学校工作，是年秋，黄云介绍党员陈兆生（陈明）、陈华森（陈树德）一起又回到蟠扶中心小学任教，均住在严仕铭家里，此后学校工作更活跃，如学生大唱抗日救亡歌曲、演出话剧、出城参加游行、开展球类体育活动，因此得到学生家长和群众的好评。这时，广东党组织发生了粤北省委被破坏的事件，粤中特委向阳春党组织传达了"停止活动"的指示。因此，当时阳春县已停止吸收党员。但是中共粤中特委经过研究，认为反动逆流即将到来，日寇如在阳江登陆，江城、春城可能成为沦陷区。蟠龙是我党建立抗日游击根据地的理想地方。为了今后根据地建设的需要，特别批准由黄云介绍吸收严仕铭为党员。

1943年春，黄云调离蟠龙到珠江三角洲抗日部队，党在蟠龙的工作由陈树德接替。陈树德住在严仕铭家里，他同黄云一样，没有知识分子架子，艰苦朴素，以身作则，能与群众打成一片。在学校年纪大的学生中，培养了一批积极分子，为以后公开武装斗争活动、学生参军、群众积极支援游击队打下了一定的思想和组织基础。严仕铭、严仕郁和欧圣聪的家庭，在后期经受国民党反动派的封屋抄家、悬赏捉人的压力，没有一个家庭成员表示害怕，都坚决支持革命，这是由于黄云、陈树德进行过思想工作的结果。

党组织在蟠龙开展的第一个群众性革命斗争，是1944年秋天发动农民向地主阶级进行"改大斗为小斗"交租的减租斗争，这对以后各方面工作的顺利进展，具有很深远的影响。当时严仕铭以副乡长的身份与乡长陈国福和保长薛继谋等商定，利用国民党政府当时正推行的度量衡改革的法令，以乡公所的名义，向广东省政府提出书面申请报告，要求按国家的法令，一律改用市斗（秤）交收租谷。结果，竟然得到国民党省政府的批准，使减租斗争取得合法依据。当时，地主向农民收租所用的大秤83斤就等于市秤100斤，地主收租的大斗又比大秤更大，农民耕一斗种（约0.8亩）田，许多都要交双头租（一斗种每年交两担租谷），一担大斗租相当于市秤130多斤，最高的相当于150多斤，对农民进行残酷的剥削。蟠龙的4000多亩土地，约有七成被阳春城地主占有，本乡的公尝、地主等约共有二成，本乡农民占有土地不够百分之十。农民耕地主的田地，除了交双头大斗租之外，还要将租谷送到地主家里，在地主阶级残酷剥削压迫下，农民非常穷困，有了共产党的领导，就积极起来投入斗争。这时，当省府批复了蟠扶乡的报告后，春城地主大为恐慌，一方面用金钱收买乡长陈国福，另一方面扬言要向广东省法院告状，告蟠扶乡公所"侵犯业主利益"。陈国福受了地主重礼，不支持农民，但也不敢得罪以严仕铭为首的农民群体，对这一场地主和农民的租佃纠纷，他接受地主的意图，从城里回到本乡，扬言用调解方法解决，遭到农民的反对，后来他干脆躲到城里不露面了。严仕铭在党的领导下（通过陈树德同志的直接指导），号召农民坚决以市斗交租，并取消送租的规例。联络一些积极分子在农民中宣传，互相鼓励、互相监督，准备与地主抗争到底。如地主要打官司，就准备推选钟廷均（即钟景宏的父亲）、陈聘余等五人为农民代表，出席法庭与地主说理。但春城地主无论企图调解欺骗还是虚声恫吓，都不能得逞，于是大地主曾佩周的女婿刘传敩邀请严仕铭出城面议，要求严仕铭劝说农民并带头交租，严仕铭以众怒难犯为由，婉言拒绝了。不久，地主梁荣勋带领两名警察到蟠扶乡公所坐镇催租。但是农民没有理他，他就派兵把他的佃户梁昌培抓来，企图拉人出城，送官处理。当他坐着轿子押着梁昌培走到墟仔寨对面的河坡上时，发现上百个农民聚集在塘薄垌桥头严阵以待。原来梁昌培被抓走之后，大寨附近各村农民立即鸣锣聚众，到塘薄垌桥头拦路并包围梁荣勋，异口同声地斥责地主不遵守政府法令，反而要他非释放梁昌培不可。这时梁荣勋只有招架讲和，狼狈不堪；同时两个警察也赶快收回匣子枪，放了梁昌培。当时两个轿夫都是龙颈村的农民，一见人多势大，群情激愤，胆子也大起来，说一声"不赚你的臭钱"，就随着人流回家，不给地主抬轿了。梁荣勋威风扫地，灰溜溜步行回去。后来，由于前任乡长薛自谋经不起地主的威迫利诱，带头交了租，也由于当时未有农会组织，缺乏统一领导和约束，有的地主改用市秤收租，有的地主仍用租斗收租，用秤用斗交租，各村情况不一。但是，春城地主们再不敢用那些特大的租斗来收租了，而且从此以后彻底消除了送租的规例，地主都派人来蟠龙收租，如要农民送租，运费全由地主负担。这一场斗争的胜利，也为后来发动"二五减租"斗争打下了一定基础。

1944年底，严仕铭接到党组织通知，我党的抗日部队从珠江三角洲挺进粤中，将达两阳，要他在蟠龙组织暴动，迎接部队到来。于是，严仕铭联系了以新寨严士浓、龙颈村陈道剑、鹊垌村梁传队、军屯村李胜光等积极分子为首，准备组织暴动，配合游击队，袭击阳春城。部队到了恩平青湾，黄云写两封信交给李宗望，要他到蟠龙把一封信交给严仕铭，另一封信到春城交给地下党组织。当时正是春节过后几天，天晴日暖，李宗望身穿中褛，头发长长，不刮胡须，从新寨村头东边过河，往西出春城，没有进入新寨村和严仕铭接头。有人报知国民党乡长陈国福，说发现一个可疑的人往春城方向去了。陈国福曾接到国民党县长的密令，说有红军将到阳春地方，要注意盘查来往生面人。陈国福不派人追李宗望，而是打电话通知龙湖乡乡长严文郁，派兵拦路截住逮捕了李宗望。李宗望自称是牛贩佬，但被乡兵当场搜出了两封信和一支左轮手枪及一个伙食本子。严文郁看到一封信是给严仕铭的，他从同姓情谊出发，马上打电话到蟠龙乡公所，找严仕铭亲自听电话，说："龙湖乡抓到一个可疑的人，有两封信，其中一封是黄云给你的。这人要马上解送到县政府处理。"严仕铭接电话后，知道出了问题，龙湖乡押人往县府，一个钟头后自己就有被捕的危险。于是他立即找到严士浓、梁传队，三人于当日上午十一时一同离家去往合水留峒。下午一点钟，国民党县府电话命令陈国福马上逮捕严仕铭，陈国福立即派乡兵奔往严家，但严仕铭早已走了，敌人扑了一个空。严仕铭等人在留峒、黎湖、头堡等地转了几天，返家一次，即往阳江珠环找到了挺进两阳的抗日部队。消息传开，黄云的学生欧圣聪、钟景宏和一批农民就跟着找到部队参了军。

严仕铭入部队不久，部队胜利地打下在春湾墟的国民党广东省银行办事处。1945年四五月间，部队转移到阳江县走马坪村，黄云派岑伙生到蟠龙，通知严仕铭的弟弟严仕郁入部队。黄云给严仕郁布置任务回蟠龙，负责与阳春城地下党的交通联络和其他一些工作。第一，交通工作。严仕郁为部队给春城地下党送信，1945年则送到春城培强药房交汤立骅同志，1946年以后则转送到永生堂药店交曹何。严仕郁有时等候地下党复信需在春城过夜，为了安全起见，总是住到参议员薛自谋的店里。阳江、春城党组织安排曹何送信件到蟠龙交给严仕郁后，严仕郁再转送部队。曹何出入蟠龙时，总会到途中稔峒村陈逢昌（严仕郁的岳父）家，了解前方的情况，以防不测。第二，采购物资。培强药店购买的药品或其他物品，大多数是由陈逢昌担到稔峒村家里，然后在夜间被送到新寨严家，再转到部队去，他们有时为部队将金器、港币找兑成伪币使用。第三，在农民中组织"解放军之友"，为游击队服务。第四，做国民党乡政人员的争取统战工作。1945年的蟠扶乡乡长陈国福，思想很反动，他在群众中散布反动言论，污蔑我部队为"奸匪"，狂叫"通匪者杀"。严仕郁第一次到部队接受工作任务时，黄云听了严仕郁的情况汇报后，即写了一封给陈国福的警告信，由严仕郁转交。1946年部队主力北撤以后，陈国福以为大局已定，又嚣张起来，为了使他老实点，严仕郁曾用黄云（已北撤）名义口头警告陈国福："想死就食肥一些，要红枣还是要鸡蛋，任由选择。"从此，陈国福再不敢公开攻击部队，又害怕部队会对他报复，说"明枪易躲，暗箭难防"，就于1946年辞去乡长职务。

1945年7月，部队曾决定要攻打阳春县城。部队第一次派何剑峰到春城侦察，由严仕郁将其带到培强药房，由汤立骅出面接待，完成侦察任务后当天两人返回蟠龙。过四天后，部队再派贺金龙到蟠龙，由严仕郁、薛贻普两人带入春城侦察。三人同到培强药房后，先由汤立骅陪同贺金龙在城内各处侦察敌兵驻地：看了龙船庙余仲邦中队和黄家祠、李家祠的陈运献、陈兆云中队驻地，及国民党县府、县党部、警察局等前后地形。到下午三点侦察完毕，领了地下党的信件出城，行出城郊后，贺金龙想起敌人夜间的哨位以及行人离哨兵距离多远敌哨兵才喝口令等情况还不够清楚，于是三人又重入春城，当晚住于师范附属小学什差陈超诰房中（陈是薛贻谱的亲戚），当夜走遍春城敌人的三个保警中队驻地及县府、警察局附近。深夜十一时经过警察局门前，敌哨兵喝问，贺金龙回答是"附小的"，于是贺金龙通过了岗哨。第二天早上又到瑞云书院操场侦察了陈兆云中队出操及枪支情况，敌人怀疑附小来了生面人，派小队长李锦新穿上便衣到附小内巡查。

贺金龙三人发现敌人反侦察的迹象后，不敢把早餐吃完，立即离城，赶回蟠龙。后因日寇部队通过阳江返新会，我粤中部队布置在大槐顶公路伏击日寇，因而取消了攻打春城的计划。

1946年夏，黄云、严仕铭奉命北撤，陈庚、陈枫等留在蟠龙坚持斗争。初时，原籍蟠龙的钟景宏、欧圣聪、顾德才、严士光、岑伙生、梁传可等则返家掩蔽待命；几个外籍人员则在山区搞烧木炭生产，自行解决生活给养问题；还有李球、朱仔（后在新兴牺牲），先后在严仕郁家掩蔽。在掩蔽活动期间，陈枫在蟠龙与群众保持广泛的联系，宣传和发动群众进行"二五减租"斗争，反对国民党征兵、征粮、征税。为根据地的巩固发展和当时群众的切身利益进行了大量的艰苦工作。为了更好地在群众中生根，陈枫于1947年春在鹊垌村认梁二姆为契妈，他活动的地区从靠山的村庄插到乡公所附近的中心地带。共产党和人民解放军的威望，在群众中产生了更大的影响。

1945年以后，部队长期在蟠龙活动，支持农民的减租斗争，蟠龙农民在1944年取得了"大斗改小斗"交租的胜利基础上，从"二五减租"斗争发展到拖租和开展反夺佃斗争，地主见强硬不减租碰了钉子，就用软的办法。地主周谷借钱给官田朗村佃农岑伙木做生意，然后要求岑伙木带头交了十足租谷，企图破坏减租。鹊垌农民为了惩罚岑伙木破坏减租的行为，夜间集体行动割了岑伙木一块田的禾（水稻），还用木牌写上几句顺口溜，插在岑伙木田边："精仔岑伙木，带头交十足，割去一田禾，处罚三箩谷。"岑伙木拔了牌子去乡公所投告，说被偷了禾。乡公所的人见到牌子，以为是游击队干的，不敢表态追查。农民则讯笑他："鬼叫你交租交十足呀，人家在牌子上写得明白，不是偷，而是'罚'。岑伙木后悔上了地主的当。此事对那些不敢坚持执行"二五减租"的农民，也是一次深刻的教育。春城地主陈绍基带人到金鸡坪村收租，仅收得几斗谷担到蛇仔坑，被农民拦住担回原村查验是否减租，才给他们放行。陈绍基回城对人说："再不要为这两粒谷入蟠龙了，在那里碰到的人，究竟是红军还是农民，搞不清楚。"春城的地主们产生了很大的恐惧心理，龙颈村陈义珩租春城姓何地主的田，拖租不交，地主说："明年你不要种我的田了！"他以为宣布起佃可以吓倒农民，但陈义珩不理他，继续种田。第二年夏收时地主又来收租，陈义珩说："你去年叫我不要种你的田了，怎么还问我收租？"地主到处查问是谁种了他的田，无人肯讲，只好灰溜溜地回城。从此，地主们都不敢以起佃来卡农民了。春城大地主曾佩周、游君寿在蟠龙一年只能收到七八十担租谷，但无人肯受雇运谷出城，只好全部就地向我部队缴纳军粮。其他中小地主也只能跟着照样办理。沉冲村薛贻浩管理祖尝的十几担租，他对佃农说："族内兄弟叔侄耕尝田，不能减租。"收了十足。当他知道佃农已向游击队报告了，怕被惩罚，马上主动把多收的租谷退还给农民。总之，从1945年起，蟠龙根据地不仅实行"二五减租"被认为是合法的制度，而且逐步形成一个观点：农民不向地主交租也是合理的。在减租的同时，还进行减息斗争。过去四月借债度荒，六月归还时要交一本一利，借一担还两担。蟠龙农会宣布不准利息超过原本的百分之五十，部队表示支持，因此农民大胆执行。农民通过减租减息得到了很大的经济利益，热烈拥护共产党和解放军游击队，积极支持农会。这对发展和巩固蟠龙游击根据地起了重要的作用。

1947年9月，阳春县党组织派陈运福到蟠龙负责党的工作（任积崇小学校长），进行党的组织建设工作。陈运福于1942年就在春城受到了刘传发的教育，因党的组织停止发展，到1946年3月在阳春师范入党，参加组织学潮斗争。1946年秋陈运福于阳春师范毕业，被派往松柏小学工作；1947年春被派往蟠扶乡扶民小学任教师，党内由春城区委刘奇联系，每星期出春城汇报工作一次。这时春城区委书记是陈钧。1945年以后，严仕郁和一批积极分子一直和部队保持联系，严仕郁于1947年2月向部队领导申请入党，部队答复由地方党吸收。9月陈运福入蟠龙，代表地方党组织吸收严仕郁入党，并与在沉冲小学任教师的党员薛贻亨一起工作。在1948年春节之前，还先后发展梁楷、罗光、陈义珩、欧念钦、梁传煜、张志钿、薛贻绅、薛贻铎等入党，组织蟠龙党支部，每个同志都由陈运福直接联系和领导。1948年春，发展民主青年同盟，吸收薛贻普、陈义琼（陈占）为盟员。

1947年秋收期间，蟠龙党支部在武工委陈枫积极支持下，发动群众组织成立蟠扶乡农会，中共两阳特派员李信亲自为农会起草了章程。组织成立农会的整个工作是由陈运福领导的，具体出面进行活动的是罗光、严仕郁。经过党组织安排和选举，蟠扶乡农会会长为罗光，副会长为严仕郁；一分会主席罗光（兼），二分会主席为薛贻铎，三分会主席为梁运乙。1947年11月，三分会在白坟村召开成立大会。陈枫参加了这个成立大会，到会的有响石、龙颈、白坟、鹊垌、黄京社、麻山、旱坪、官田朗、大坪、茅旱等村农民300多人。严仕郁主持成立大会。根据陈枫的提议，由贫苦知识分子梁运乙担任分会主席，严仕郁兼任分会副主席和组织委员。农会的主要任务：第一，领导农民进行减租减息的斗争和反对国民党征兵、征粮、征税；第二，支援部队；第三，进行锄奸活动。

1947年11月，成立蟠扶乡农会以后，根据陈枫的意见：为了武装起来，保护减租果实和进行反"三征"斗争的需要，将蟠龙境内的民兵组织成立"更夫队"，薛贻铎任大队长。蟠龙根据地在1946年掩蔽斗争时期，就有了民兵。那时部队分散掩蔽，留下少数同志坚持武装斗争。部队的同志组织100余人掌握各种步枪、粉枪和手枪，与国民党相对抗。"更夫队"就是由这些人组织的，表面上是当地的民防队伍，在乡公所收缴经费时增加一点附加费，作为活动（夜餐）经费；而实际上受共产党领导，是国民党出钱、出粮为共产党养民兵。

1947年冬，邓飞鹏到阳春任县长。敌"两阳剿匪指挥所"和县府制订了一个"三路围剿"、远途奔袭游击区的计划，并拟订了围捕杀害我党党员及积极分子的黑名单。严仕郁于1947年春取得蟠扶乡公所干事的身份掩护地下交通工作。这年春天吴英仁受县府任命为蟠扶乡乡长，他吸取陈国福的教训，为了我部队能容许他当乡长，故容纳严仕郁为干事。就在敌人订出"三路围剿"计划及要捕杀一大批同志的危险时刻，我党组织派进在阳春县长秘书室任事务员的柯明镜，在复写文件时偷出"三路围剿"计划，当夜交给春城党组织，县领导迅即通知在蟠龙根据地的部队领导，布置反"围剿"斗争。敌人计划于1948年农历正月十二日（公历2月11日）"进剿"蟠龙根据地，阳春县领导于正月初九把情报和指示送到蟠龙，严仕郁接到要马上离开乡公所到部队去的通知后，和当时在蟠龙的游击队员钟景宏、何明以及民兵（"更夫队"）梁传队、梁传盈、梁传谋等人，于当晚离家上山活动。可是敌人推迟了行动日期，直到正月十七日才入蟠龙。正月十六日晚上，严仕郁带领梁传队、梁传盈两人到乡公所，向乡长吴英仁索取十二担谷的欠薪；离开时，乡兵全部外出了，把枪支放在床头边，严仕郁三人顺手牵羊，把乡兵的手提机枪一支、驳壳枪三支、步枪四支全部收缴带走了。正月十七日，敌县保警两个中队远道奔袭蟠龙，包围沉冲、刘屋咀两个村搜索，一无所获，又看见乡公所失去了全部枪支，乡兵逃走了不敢归来，敌军官暴跳如雷，下令封了欧圣聪、严仕郁的家，查抄家产出花红悬赏捉人，严仕郁等将家属撤到恩平县对坎坪村暂住。蟠扶乡农会会长罗光，在敌人进入蟠龙后，即带部分民兵上山，但因他麻痹大意，于正月十八日晚上回到家里取衣物，进门不久即被埋伏在村中的敌兵逮捕，后来英勇就义。在敌人入蟠龙"扫荡"的初期，两阳武工委马平、陈枫等带队伍到恩平去了。严仕郁、钟景宏等和百多名民兵，未能与部队联系上，独立活动几天之后，安排一部分人返家，留下30多人，至三月底被编入了漠东独立大队主力连队。五月份，陈运福又带民兵30多人参加部队，编为春中区中队。

敌人这次新春奔袭蟠龙"扫荡"，扑了个空，除杀害罗光外，只抓到了我部队领导曹广的一匹马；当时仍然在蟠龙积崇小学任校长的陈运福，同副乡长黄孔彪商量，由黄出面说是自己往大八乡探亲骑回来的，把马领了回来，交还给曹广，最后敌人在乡公所放下一个排守据点，就退兵返县城。马平、陈庚、曹广、陈枫等在敌人的主力撤退后，从恩平返到蟠龙，即组织起在春中地区的游击队和民兵，决定以夜袭的办法"吃掉"留下的一排驻军。当时参加突击组走在最前面的是陈来（尹炳根），他们摸到乡公所的碉楼下，被敌人的流动哨发觉，敌哨兵大叫一声就跑回乡公所，陈来追着哨兵冲进乡公所大门，向里面打了一轮快掣驳壳，打伤了两个敌兵，但突击组走在第二的黄荣佳（大八区收编的绿林头子黄文郁的堂侄儿）听了敌哨喝声却向后退缩，影响了后续其他同志没有跟在陈来后面冲进，陈来单人不敢再往二门冲，就退了出来。经此袭击，敌人不敢再在蟠龙驻扎下去，于第二天下午抬着伤兵逃回春城去了。

1948年春，春中区委成立，责任地区除蟠扶乡外，还包括阳江县江北的珠环、和平等地方。区委书记为陈枫，委员有黎光、陈运福。这时，南路东征部队800余人经过长途艰苦转战，于农历五月初五到达蟠龙与两阳总队（包括漠东、漠南、西山等大队）200余人会师，加上地方区中队、武工队等，共计队伍1000余人，一齐汇集于蟠龙根据地。春中区委承担起军需粮食供应的艰巨任务。当时正是春荒，根据地内积极分子连家里的谷种也拿出来给部队做伙食。陈运福带了区武工组的部分同志到头堡、黎湖、三湖等地方筹集军粮，原来在这一带地区活动的武工组长严仕郁宣布陈运福是"红军"部队的稽征员，向龙湖乡乡长张松辉、保长何大英等以及一些地主、富农派征军粮100多担运入蟠龙。陈运福还通过严仕郁的姐夫梁贤交的关系，带领张志钿、梁传焜到三湖联系上林芬，由林芬带领他们直入副乡长谭宏新家，申明是中国人民解放军，要他交粮交钱，在三湖征收一批白银带回部队。

东征部队由于长途行军连续作战，十分疲劳，许多同志患上夜盲、痢疾、肝炎等病症，伤病员多达200余人。区委安置伤病员在暗眯、上塘坪、观音山等处掩蔽治疗和养息。这些同志很快恢复健康，陆续回原部队去。其间，堡垒户欧念昭为伤病员筹粮、买药，做了大量的工作。

敌两阳"剿匪"指挥所调动省保警和反动地方武装，企图追击包围我东征部队和两阳总队，我部队三次挺进平原，打破了敌人的

"围剿"。

在粉碎敌人"扫荡"，不断巩固发展蟠龙根据地的斗争中，春中区委发动群众积极开展锄奸活动，大寨保长梁奕敬、刘屋咀保长欧圣文、黄沙村保长黎某某先后在群众中散布流言蜚语，说解放军游击队在蟠龙地区活动会连累群众，等等，被群众检举揭发出来，由游击队给予拘留教育，罚款保释处理；乡中心小学校长梁世珩是敌人安插在蟠龙的情报员，1947年冬曾搜集我游击区情报向国民党县府密报，被学校教师薛贻普发觉向游击队揭发，经陈庚等人同意，武工队将梁拘捕起来，监押在堡垒户欧念钦（党员）的柴间里。经过审讯，他承认自己是直接与县长邓飞鹏联系的密报员，表示以后洗手不干，乞求宽大处理，最后罚他1800斤谷作军粮，由欧念钦（欧与梁是亲戚）担保释放。1948年初夏，驻守在蟠扶乡公所的联防队被迫撤走后，陈运福带领民兵四人，突入乡公所缴了全部枪支弹药，并将特务分子（原是乡公所户籍干事）蒙高瑞枪决了。不久，群众检举出塘薄峒村一个内奸，窝藏密探在家住宿，并向敌人提供情报。为平息民愤，将此人枪毙了。此后，有三个敌兵入蟠龙企图拉兵和探听情报，在途中就被群众抓起来，送交游击队处理。这一系列的锄奸活动是部队和群众力量相结合，在政策上实行宽严并举的结果，使境内的乡、保人员不敢乱说乱动，春城的敌人不敢单独进入蟠龙，广大群众也就大胆地与武工队接触和积极支持部队。其他地区的同志一到达蟠龙，就感到像在自己家里一样温暖，像有铁壁铜墙作保护，很安全。

1948年10月底，春中区委成员调整，陈枫不兼任区委书记，黎光调六团团部任情报参谋，区委由陈运福任书记，陈冬、严仕郁为委员。再次成立区中队,由陈、严带领进行活动。不久,陈运福到广阳支队办的组织员训练班学习三个月,于1949年春节前返回蟠龙;严仕郁、钟景宏等到支队办的连排干部训练班学习两个多月,也于春节后返回蟠龙。这时,将阳春县的春中区、春南区和阳江县的江北区合并为东南区,区委书记为杨超,委员包括严仕郁、陈运福、马洪、陈洪、陈冬、刘奇。1949年2月,阳春县人民政府东南区工作委员会成立,主任为严仕郁。这个时期,严仕郁分工管蟠龙、石梯、珠环、泰垌等后方根据地的工作,其他各区委成员带武工队挺进平原活动,开辟新区。1949年5月,撤销东南区,恢复江北区、春南区、春中区。5月至7月间,春中区由马洪任书记。区委委员严仕郁担任人民政府的区办事处主任;马洪带部分武工队在阳江县属珠环、泰垌等地活动;严仕郁带另一部分武工队在阳春县属蟠龙、留垌等地活动。7月,马洪调走,陈运福再回春中区任区委书记,严仕郁为区委委员、区办事处主任,直至解放。

1948年以后,国民党蟠扶乡的乡、保政权表面上继续存在,但实际上整个地区在共产党游击队控制之下,乡政权成为空架子。县府任命的乡、保长,均要向我部队领导同志报告,请示得到同意之后,才敢出布告上任。为了更好控制乡公所,1949年春,党组织特别安排堡垒户欧念昭进去当副乡长,到后期乡政权所推行的政令不出乡公所堡垒之外,无法征兵、征粮、征税,连伙食也难以维持。1949年5月,乡公所断粮了,又无法在乡内筹借,只好到春城买,请农民挑运。游击队获悉后,由陈占带了三个同志,在蛇尾庙(现叫龙尾寺)将粮食截取了。第二天再去运,陈占又再去截。押运的乡兵向陈占乞求:"我们今晚确无米下锅了,你们取大多数,留一点给我们做晚餐吧！"

1949年夏收期间，敌人派出一个保警中队，到蟠龙强征田粮赋税，并预计到无人肯受雇担谷，就征用了6条小木船来，计划从水路运谷出城。将强征到的几十担谷装满了6条船，停泊在门楼坡村前的河中。区委根据上级指示，组织了一次"反抢粮"的行动。这一行动由严仕郁指挥，动员起一百多名农民，在深夜时分，将6船谷全部截走了。当时说明，每人所得的稻谷，20%交部队作军粮，其余80%谁运谁得。参加行动的农民已经将谷运走很远了，严仕郁才带几个同志到乡公所周围，四面同时断断续续地放枪。撤退前与船民约定：在听到打乡公所的枪声停止之后，才敲锣去报警。敌人虽有一个中队的兵力，但不明虚实，当晚不敢出来，第二天早上到船上一看，几船谷已经颗粒无存了，敌人立即跟踪脚印，到迳口村搜屋，捉了农民刘计生。刘计生确实参加了劫粮行动，但他坚决否认，查无实据，被放了出来。敌人这次以武力到蟠龙征收田粮，可见决心很大，征到一点点，又被劫走了，想再强征，也无人肯交，更怕挨打受损失，只好收兵回城，以完全失败告终。

1948年我部队打破敌人"围剿"以后，春中区武工队以蟠龙为中心，派出几个组直插平原开辟新区，使蟠龙游击根据地更加巩固，控制地区不断扩大。邱先、沈华等到留垌、荼河一带活动；陈占带一个组到扶民活动；张志钿在林田活动；李海武工组活动于头堡、黎湖、三湖；陈运福曾亲自带部分武工队到三湖、龙岩和春城东北郊活动，并经常以火力骚扰阳春城，使敌人坐立不安。敌军龟缩于县城四周的炮楼及蟛蜞山地堡之内。

1949年9月，粤中纵队二支队司令员郑锦波带领主力钢铁营到两阳地区活动，支队司令部驻在珠环时，春中区委杀了九头猪，组织军属、堡垒户和群众前去劳军。部队转到石梯，司令部作出决定，制订在蟠龙进行围点打援的作战方案，将驻在响石村蟠扶乡公所内的联防中队包围起来，先打敌人的援兵，后再解决据点问题。当时领导第一次派李培、严仕郁带武工组到头堡与蟠龙交界处选择伏击阵地，第二次钢铁营营长郑祯到伏击地点马岭，绘成地形图。支队司令部到马岭指挥伏击战斗的是副司令员杨子江。参加马岭伏击战的队伍有支队主力钢铁营，六团的一个连和春中区部分武工队，共400余人。原设想伏击消灭从春城进入蟠龙的敌人援军两个连，参战部队从石梯夜行军到达蟠龙的孔塘村，做饭吃饱之后，于天亮前进入埋伏位置。指挥部和重机枪阵地设在狮子岭顶，六团一个连埋伏在门楼迳山顶，营长郑祯带领主力钢铁营的大部分同志和武工队埋伏在茅坡北边荒地稔子树丛和料坑中，负责冲锋歼敌。六团政治处主任陈庚带陈来、陈永溪的第一连及陈运福带区中队一部分人员围困乡公所。当围点的枪声打响之后，暂不斩断电话线，让被困的敌人向春城告急求援，敌方县保警在春城有两个连，立即留两个排守城，派出一个连加一个排向蟠龙被困的联防队增援，其中以一个排作尖兵先行，主力一个连在后，离开尖兵排有2公里之远。敌尖兵排怕有伏击，到达茅坡时，先派机枪班占领了马岭顶，以为万无一失了，另两个班才从大路前进。敌兵进到料坑我伏兵的面前，指挥的枪声打响后，即时四面高山弹雨齐下，埋伏在料坑和北坡的同志，直冲敌人队伍，迅速抢占马岭顶，缴了敌人的机枪，活捉敌排长，这场伏击战不到10分钟就解决战斗了，生俘敌军官兵32人。县保警这个排，只走脱了落在后面的一个伙夫，走在后面的县保警一个连被密集的机枪声吓怕了，不敢向前增援，远远地放了几枪就仓惶逃回县城。

马岭伏击战后几天，区委即摧毁了蟠扶乡政权，于1949年10月初成立蟠扶乡人民政府，由陈占任乡长；副县长陈枫参加了乡人民政府成立大会，并讲了话。1949年10月22日傍晚，解放军大部队进入春城，宣告阳春县解放。当日，春中区委于入城之前，在蟠龙集中起全部武工队和部分新参军的同志，使区中队扩大到60余人，由张志钿任队长，欧念昭任副队长。进城后于春城太邱祠成立阳春县第一区人民政府。春中区委在蟠龙所领导的武装队伍，是新中国成立后在阳春一区接收国民党政权机关和建立区、乡人民政府的骨干力量。

（原作者：严仕铭、陈枫、陈运福、严仕郁）

四、蟠龙相关革命遗址及纪念设施

黄云在蟠龙开展革命活动居住地遗址

该遗址位于广东省阳春市春城街道蟠龙新寨村。

1940年3月和1942年9月，黄云两次到蟠扶乡中心小学以教师职业为掩护，开展地下革命活动，发展党员和开辟抗日根据地。当时蟠扶乡中心小学校长为严仕铭（黄云在阳春县立中学读书时的校友）。蟠扶乡中心小学与国民党乡公所相邻，黄云为避开国民党乡长的监视，住到严仕铭家中。黄云介绍进步书刊给严仕铭阅读，宣传进步思想。在教学之余，黄云培养了一批进步学生，并和群众建立了良好的关系。1943年2月，经中区特委批准，严仕铭加入中国共产党，黄云为入党介绍人。黄云发展了蟠龙第一批党员，为建立广东人民抗日解放军第六团培养了骨干力量，为建立蟠龙抗日根据地打下了良好的基础。

该遗址占地面积88平方米，原建筑物已不存在。

黄云在蟠龙开展革命活动居住地遗址

中共阳春县委成立旧址

该旧址位于广东省阳春市春城街道蟠龙大滑村观音山。

1945年10月下旬，恩平朗底突围之后，黎明、黄云（黄昌熺）奉命率领原第六团指战员返回两阳边境，在蟠龙、大八、先农、轮水一带进行分散活动，坚持隐蔽斗争。同年12月，根据中共中区临时特委指示，为适应部队分散隐蔽，统一领导部队和地方党的工作，中共阳春县委在阳春县蟠龙观音山宣布成立，黄云任县委书记，李重民任县委委员、组织部部长，伍伯坚任县委委员、宣传部部长，并在蟠龙观音山召开了第一次县委会议，贯彻分散活动和长期隐蔽的方针。

旧址位于观音山半山腰，现为荒地。

中共阳春县委成立旧址

三打国民党蟠扶乡公所战斗战场遗址

该遗址位于如今的广东省阳春市蟠龙响石村。

蟠扶乡公所是国民党蟠扶乡联防队、自卫队等乡兵和国民党阳春县保警驻扎的据点。为了拔掉这个据点，游击队及粤中纵队进行了几次战斗。

1948年2月18日，严仕郁带领游击队员钟景宏、何明及部分民兵骨干趁大部分乡兵外出时，冲进乡公所，缴获了乡兵的手提机枪1支、驳壳枪3支、步枪4支。

1948年2月底，阳春县保警撤出蟠龙开往漠南，只留下一个排驻守蟠扶乡公所据点。两阳武装队伍"雪枫队"在曹广、马平的指挥下，趁机袭击了该据点，伤县保警2人，迫使县保警在第二天抬着伤员仓惶撤回春城。

1949年10月，粤中纵队第二支队决定用围点打援的办法歼灭前来增援的阳春县保警。六团政治处主任陈庚率领第一连及阳春春中区中队围攻乡公所据点，第四团钢铁营、第六团第二连及春中区中队部分队员埋伏在头堡马岭。该战斗全俘敌保警一个排，随后一举攻下了乡公所，摧毁了国民党蟠扶乡政权。

遗址原为国民党据点，原建筑物已不存在。

三打国民党蟠扶乡公所战斗战场遗址

罗光牺牲地遗址

该遗址位于广东省阳春市春城街道金坪荔根村马褂塘。

罗光，1918年生于阳春县蟠扶乡大寨村（今阳春市金坪村）贫苦农民家庭，1947年冬加入中国共产党。同年，罗光任蟠龙农会会长，领导蟠龙农民开展减租减息和反抗国民党"征兵、征粮、征税"的斗争。1948年2月，国民党军"扫荡"蟠龙，罗光不幸被捕。敌人对他严刑拷打，要他供出农会干部和游击队去向。他被打断腿骨，鲜血直流，敌人又用石灰烧他伤口，他痛得昏死过去。敌人再用凉水喷醒他继续拷问，他仍不吐露机密。敌人无可奈何，用竹笠把罗光抬到阳春县蟠扶乡荔枝根村马褂塘（今阳春市春城街道金坪荔根村马褂塘）山坡上枪杀。附近村民把罗光遗体就近埋葬。

罗光牺牲地遗址

中共广南分委、广南军分委成立旧址

该旧址位于广东省阳春市春城街道蟠龙刘屋咀村。

1948年春，中共中央香港分局鉴于粤中区地域较广，与粤桂边区党委机关相隔较远，不便联络，决定先在内部成立粤桂边区党委广南分委，由冯燊、谢创、吴有恒、欧初4人组成领导班子，专责领导云雾山区的茂名、电白、信宜及原中区所属的新会、高明、高要（南部）、鹤山、台山、赤溪、开平、恩平、阳江、阳春、新兴、云浮、罗定、郁南共17个县的党组织和武装斗争。5月底，冯燊、谢创、吴有恒、欧初在阳春县蟠龙根据地会合，6月11日，在蟠龙刘屋咀村欧基圣家召开会议，传达中共中央香港分局的指示，宣布粤桂边区党委广南分委、广南军分委正式成立。冯燊任分委书记、军分委主席，谢创任分委常委，吴有恒任分委常委、军分委第一副主席，欧初任分委常委、军分委第二副主席。中共广南分委、广南军分委的成立，使粤中区军民对国民党的斗争有了一个坚强的领导核心，形成了"统一领导、统一指挥、统一部署"的新格局，大大加快了武装斗争的步伐，取得了对敌斗争的节节胜利。

旧址原建筑物为泥砖房，市委宣传部于2022年至2023年对旧址进行升级改造，新建了红色展厅。

中共广南分委、广南军分委成立旧址于2012年5月被中共阳江市委、阳江市人民政府公布为阳江市爱国主义教育基地和阳江市中共党史教育基地。2017年3月被中共广东省委宣传部公布为广东省红色军事文化遗址。

中共广南分委、广南军分委成立旧址（鸟瞰）

中共广南分委、广南军分委成立旧址（正面）

阳春县人民民主政府成立旧址

该旧址位于广东省阳春市春城街道蟠龙白坟村。

1940年春，中共阳春县特别支部选定蟠龙为开展武装斗争的根据地之一，派黄云到蟠龙中心小学以教师职业为掩护，开展蟠龙根据地的创建工作。1948年5月，粤桂边区纵队东征支队到达蟠龙，与两阳武装部队会师。同年6月，中共广南分委（同年12月改称为"中共粤中分委"）在蟠龙成立后，作了许多重大决策，当时蟠龙有广南地区（西江以南）"小延安"之誉。

1948年12月中旬，中共粤中分委批准粤中区第一个县级人民政权——阳春县人民民主政府在阳春县蟠龙正式成立，县长黄云（实未到职，但因其在阳春威望高，挂任县长以扩大影响），副县长陈庚、陈枫。副县长分工：第一副县长陈庚兼管六团政治工作，随部队行动；第二副县长陈枫管行政工作，常驻蟠龙鹊峒村，领导根据地游击区组建农会、民兵，开展"二五减租"斗争，征收军粮。

旧址是当时农村用的晒谷场。

阳春县人民民主政府成立旧址于2012年5月被中共阳江市委、阳江市人民政府公布为阳江市爱国主义教育基地和阳江市中共党史教育基地。

阳春县人民民主政府成立旧址

蟠龙反抢粮斗争遗址

该遗址位于广东省阳春市春城街道金坪塘垌村（原门楼坡河边）。

1949年夏收期间，国民党阳春县政府派一个保警连到蟠龙，配合乡公所的自卫队向农民强征田赋谷，抢得粮食近百担，装满6只小船，准备运回春城。夜间，春中区办事处主任严仕郁组织民兵和群众100多人进行反抢粮斗争，派武工队监视碉堡里的保警和自卫队，并四面放枪威吓，保警和自卫队不敢出来，6船粮食全被夺回。这批粮食，二成交给部队作军粮，八成归担粮群众。

因河流改道，该遗址现为旱地。

蟠龙反抢粮斗争遗址

马岭战斗战场遗址

该遗址位于广东省阳春市春城街道头堡马岭。

1949年10月，中国人民解放军粤中纵队第二支队司令部决定，第二支队第六团、第四团联合行动，以"围点打援"战术消灭前来增援的阳春县保警，拔除蟠龙响石村蟠扶乡公所自卫队据点。11日，第六团政治处主任陈庚率领第一连及阳春春中区中队一部围攻响石村蟠扶乡公所自卫队据点；支队司令员郑锦波、副司令员杨子江指挥第四团钢铁营、第六团第二连及春中区中队一部共400多人在马岭伏击增援之敌，全俘阳春县保警一个尖兵排32人，缴获轻机枪1挺、长短枪28支、弹药一批。援敌另一个连逃回春城，响石村蟠扶乡公所自卫队据点被拔除。

遗址所在地林木茂盛，山下有河流。

马岭战斗战场遗址

中共广南分委、广南军分委，中共阳春县委、阳春县人民民主政府纪念园

该纪念园位于广东省阳春市春城街道蟠龙鹊峒村。

1945年，中共阳春县委在蟠龙成立；1948年，中共广南分委、广南军分委，阳春县人民民主政府相继在蟠龙成立。为了纪念其成立，阳春市委、市政府在春城街道蟠龙村委会鹊峒村兴建纪念园。纪念园始建于2015年下半年，2017年8月1日竣工开园。纪念园坐东向西，北邻蟠龙河，占地4690平方米，有纪念亭、宣传专栏、题词石碑等。宣传专栏内容包括：中共广南分委、广南军分委，中共阳春县委、阳春县人民民主政府的成立及其领导人的简介，中共广南分委、广南军分委历史大事记等。

中共广南分委、广南军分委，中共阳春县委、阳春县人民民主政府纪念园于2019年5月被中共阳春市委宣传部公布为阳春市爱国主义教育基地；2023年1月被中共阳江市委宣传部公布为阳江市爱国主义教育基地；2018年7月被中共阳江市委党史研究室公布为阳江市中共党史教育基地。

中共广南分委、广南军分委，中共阳春县委、阳春县人民民主政府纪念园

五、革命老区村庄名录

（有☆符号的为抗日战争时期老区村）

蟠龙：☆新寨，☆黄京社，☆观音山（今与大滑合并），☆大滑，☆刘屋咀，☆鹊峒，☆龙颈，☆白坟，☆沉冲，☆旱坪，☆大坪，☆上洒、大朗（两个村于1957年划归阳东大八珠环管辖），麻山，响石，乌石迳，大水（已划归合水留峒），大旱（迁乌石迳村），白鸠冲（今与白坟合并），清湾田（已撤并），麻旱（今与大坪合并），长更峒（今与刘屋咀合并），新村，田朗，龙塘（今与龙颈村合并）。

金坪：☆朗仔，☆黄塘，☆岗坳，☆大寨，孔塘，荔枝根，果园，圩仔寨，迳口，速沙坑，塘泊洞，门楼坡，川巷，军屯，新塘，金坪。

林田：涩田角，公山，黄沙，石连塘，迳仔，双树，旱田仔，蒌园，坡仔，沙底，秋风朗，新屋，山坪，林田寨，康洞。

扶民：☆田寮（今已划归岗美麦峒），新寨，旧寨，文塘，高田，下峒，河塘，山角，沙罗根，麻吉楼，必冲，大水，陈屋寨，余屋寨，福村，曲河，白花坪，铺仔河（今与陈屋寨合并），必冲（水库区已迁轮水），山角（与下峒合并），麻吉楼（与下峒合并），曲河（与福村合并），白花坪（与新寨合并）。

（注：蟠龙、金坪、林田、扶民均属原蟠扶乡。资料来源：《阳江市革命老区村庄名册》《阳春市老区概况》）

六、革命前辈名录

黄云（1921—2011），原名黄昌熺，男，广东阳春人。1938年8月加入中国共产党，是在阳春当地发展的第一名党员。1940年和1942年两次进入蟠扶乡中心小学，以教师身份作为掩护，发展党组织和开辟抗日游击根据地。曾任广东人民抗日解放军第六团团长，中共阳春县委书记、阳春县人民民主政府县长。新中国成立后，曾任广西壮族自治区人民政府副主席、党委副书记和顾问委员会主任。

刘田夫（1908—2002），男，四川广安人。1934年加入中国共产党。曾任中共广东西江特委书记、中共中区特委书记、广东人民抗日解放军政治部主任、中国人民解放军两广纵队政治部副主任等职。新中国成立后，曾任广东省省长等职。

周天行（1920—1992），原名周炳光，男，广东开平人。1937年7月加入中国共产党。曾任中共开平县委书记，中共恩平县委书记，中共中区（粤中）副特派员，中共中区特委宣传部部长，中共中区地委委员，中共新高鹤区工委书记、地工委书记兼新高鹤人民解放军总队政治委员，中共新高鹤地委书记，粤中纵队第六支队政治委员兼新会县人民政府县长。新中国成立后，曾任粤中地委委员兼江会（江门、新会）军事管制委员会主任、中共江会区工委书记、新会县县长、湛江市委副书记、北京航空学院党委副书记、广东省科委副主任兼科技干部局局长。

冯燊（1898—1970），男，广东恩平人。抗日战争、解放战争时期江门五邑、粤中党组织重要领导人。1925年7月加入中国共产党，先后参加过香港海员大罢工、省港大罢工、广州起义和二万五千里长征。曾任全国海关总工会组织部部长、全国总工会执行局社会救济部副部长、中共中区特委副书记、中共西江特委书记、中共香港市委书记、中共广南分委书记兼军分委主席、中共粤中临时区党委书记兼粤中纵队政委等职。新中国成立后，曾任广东省政协副主席等职。

谢创（1905—1995），男，广东开平人。1932年加入中国共产党。曾任中共开平县委书记，中共东江前方特委书记，中共珠江三角洲工委委员，中共粤中区特委书记，中共广南分委常委，中共粤中临时区党委常委、粤中纵队副政委兼政治部主任。新中国成立后，曾任三埠地区军管会主任、粤中专署专员、广州市委统战部副部长、广州市参事室主任、广州市政协副主席。

吴有恒（1913—1994），男，广东恩平人。1936年9月加入中国共产党，曾任中共香港市工委书记、市委书记，中共广州市委学生工委书记，中共粤东南特委组织部部长，中共广东省委港澳地区特派员，中共南路副特派员、特派员，中共粤桂边地委副书记、粤桂边人民解放军代司令员、副政委，中共广南分委常委、军分委第一副主席，中共粤中临时区党委常委、粤中纵队司令员。新中国成立后，曾任粤中地委书记，广州市委书记处书记，广东省文联副主席、广东省作家协会副主席、广东省民间文艺研究会主席、广东省新闻学会会长，《羊城晚报》社党委书记兼总编辑，广东省第六届人大常委会副主任。

欧初（1921—2017），男，广东中山人。1938年参加广东青年抗日先锋队，1939年加入中国共产党，是中山人民抗日义勇大队和五桂山抗日根据地的创建人之一，曾任广东人民抗日游击队珠江纵队第一支队队长，中共粤桂边地委常委兼宣传部部长，粤桂边人民解放军政治部主任，粤桂边人民解放军东征支队司令员兼政委，中共广南分委常委、军分委第二副主席，中共粤中临时区党委常委、粤中纵队副司令员。新中国成立后，曾任粤中军分区副司令员、粤中专署副专员、广东省委副秘书长兼办公厅主任、广东省政府秘书长、广州市委书记、广州市人大常委会主任、广东省顾委常委。

李信（1919—2012），男，广东番禺人。1937年2月参加革命工作，1938年5月加入中国共产党。曾任中共连阳中心县委书记，中共小北江地区副特派员，中共阳春县特派员，中共两阳特派员兼漠东县工委书记、漠南县工委书记，高阳地委委员。新中国成立后，曾任中共中央华南分局党校党委委员兼教研室副主任、冶金工业部武汉钢铁公司炼钢厂副厂长、内蒙古包头钢铁公司炼铁厂党委书记、广州钢铁厂厂长、广州市冶金工业局副局长、广州市政协常委（离休享受厅级待遇）。

陈明江，男，1916年出生，广西防城县人。曾任中共新鹤县工委书记，中共新会县委书记，新鹤人民抗日游击大队队长兼政委，广东人民抗日解放军第二团政委，中共两阳特派员兼阳春县委书记、阳春县特派员，十万山地委书记，四属军政委员会副主任。新中国成立后，曾任湛江市委副书记，广西钦州专区专员，中南第二工程公司副经理，华钢特种钢公司经理，大冶铁矿矿长、党委书记，武汉钢铁公司党委副书记。

伍伯坚（1922—2020），男，广东台山人。1939年加入中国共产党。曾任中共两阳工委委员、宣传部部长兼阳春特派员，中共阳春县委委员、宣传部部长，中共罗定县特派员，中国人民解放军粤中纵队第四支队十四团政治处主任。新中国成立后，曾任罗定县委组织部部长，罗定县副县长，华南农学院党委常委、宣传部副部长，广东省劳动学会副会长。

吴子仁（1918—2010），男，广东中山人。曾任广东人民解放军广阳支队第六团政委，中共阳春县委书记、阳春县军事管制委员会主任。新中国成立后，曾任阳春县委书记、县长，江门市市长，佛山地区供销社办事处主任（正厅级），佛山地委财务部副部长，佛山地委办公室副主任。

马平（1921—2023），男，广东台山人。曾任两阳武装工作委员会负责人（代号为"风"），先后任广东人民解放军广阳支队第六团和第五团团长。新中国成立后，曾任广州市侨务办公室副主任等职。

曹广，男，广东顺德人。曾任两阳武装工作委员会领导成员（代号为"雪"）、广东人民解放军广阳支队第六团副团长。新中国成立后，曾任阳春县委委员、公安局局长，广州市灯泡厂厂长。

陈庚（1926—2004），原名陈绳宪，男，广东阳春人。1940年3月加入中国共产党。曾任两阳武装工作委员会领导成员（代号为"归"）、阳春春北独立大队政委、广东人民解放军广阳支队第六团政治处主任、阳春县人民民主政府第一副县长。新中国成立后，曾任梅州市交通局副局长（离休享受副厅级待遇）。

陈枫（1926—2003），男，广东新会人。曾任两阳武装工作委员会领导成员（代号为"人"）、中共春中区委书记、阳春县人民民主政府副县长。新中国成立后，曾任广东省农垦总局副局长等职。

姚立尹（1922—2022），男，广东阳江人。1945年2月加入中国共产党。曾任两阳武装工作委员会领导成员（代号为"夜"）、广东人民解放军广阳支队漠南独立大队队长、阳江县人民民主政府县长。新中国成立后，曾任湛江市委副书记、湛江市人大常委会主任。

郑锦波（1915—2015），男，广东恩平人。1936年10月加入中国共产党。曾任中共恩平县工委书记、中共台山县委书记、广东人民抗日游击队第三大队政治委员、广东人民抗日解放军政治部秘书长、中共粤中区副特派员、阳（阳春、阳江）茂（名）电（白）信（宜）地委书记、广阳（恩平、阳春、阳江、新兴和开平西部）地委书记、粤中纵队广阳支队司令员兼政委、粤中临时区党委委员。新中国成立后，曾任粤中地委委员，粤中军分区政治部主任，中国人民解放军原总政治部广州联络局副局长、政治委员。1964年被授予大校军衔。1988年获红军干部二级红星勋章。正军级。

李重民（1915—1998），男，广东开平人。1938年加入中国共产党。曾任中共阳春县委委员、组织部部长。新中国成立后，曾任湛江市副市长、湛江市委常委、湛江市人大常委会副主任。

黄东明（1922—2012），原名黄庭杰，男，广东三水西南镇人。1939年加入中国共产党。曾任广东人民解放军广阳支队第五团团长、粤中人民解放军独立第一团团长兼政委（后为粤中纵队独立第一团团长兼政委）。新中国成立后，曾任中国人民解放军海军舰船修造部沪东造船厂军代表，中国人民解放军军械学校校务部长等职。1955年被授予中校军衔，后升为上校。1951年转业任广州市政协副秘书长，直至离休。

杨子江（1918—1998），男，广东中山沙溪镇人。1938年参加中国共产党。曾任粤中纵队第二支队副司令员。新中国成立后，任中共阳江县委首任书记、中国人民解放军阳江县大队政委、粤西区委宣传部副部长，1979年任广东省教育厅厅长，1985年底离休。

梁文坚，女，1922年7月出生，广东阳江人。1938年11月加入中国共产党，曾任中共阳春分委妇女委员，两阳武装筹备领导小组妇女部部长，广东人民抗日解放军第六团政工队队长，中共阳江路南区区委书记等职。新中国成立后，曾任广州市妇联副主任等职。

容海云（1923—2011），女，广东江门荷塘人。1938年参加革命，1939年4月加入中国共产党。曾主持中共广南分委举办的"组织员训练班"。后被任命为广东人民解放军粤中纵队广阳支队第七团政治处主任。新中国成立后，历任粤中区妇女联合会主任、粤中区供销社主任、粤西区供销社副主任、广东省供销社组导处长、广东省饮食服务公司经理。1983年5月离休。

陈运福（1929—2010），男，阳春春城人。1946年加入中国共产党，1947年8月受春城区党组织委派，到蟠扶乡大寨积崇小学任校长，担任蟠龙党支部书记，进行党的组织建设工作，先后发展党员15人。1948年7月任中共春中区委书记。新中国成立后，曾任中共阳春县委副书记、阳春县人民政府县长。

李海，1927年9月出生，男，祖籍广东惠阳。原住香港九龙，1944年冬返回内地，1945年2月参加东江抗日纵队，1948年8月参加中国共产党。1948年4月任广阳支队漠东情报交通总站站长（站址在原蟠龙上塘坪）。1948年8月任春中区龙湖武工队队长。离休前历任中共阳春县委统战部秘书，统战部党支部书记，阳春县政协办公室秘书长、党组组长（副处级）。

严仕铭（1915—1990），男，阳春春城蟠龙新寨村人。1943年2月加入中国共产党。1945年3月，广东人民抗日解放军第六团宣布成立，严仕铭带领18名青年（党员发展对象）参加了六团，组成直属队，后扩编为警卫连，严仕铭任连长。1946年6月，严仕铭参加东江纵队北撤。在解放战争中，严仕铭编入第二野战军，挺进大西南，到达四川省。后随所属部队参加解放西藏，进军到达拉萨。1957年调回成都西藏军区留守处；1959年调到市郊茶店子西藏军区八一学校，担任学校团级政委，长期从事西藏军区子弟的教育工作；1987年离休，享受副师级待遇。

严仕郁（1927—2004），男，阳春春城蟠龙新寨村人，严仕铭的胞弟。1947年9月加入中国共产党。曾任中共阳春春中区区委委员，阳春东南区办事处主任，春中区办事处主任。新中国成立后，曾任阳春一区（附城）副区长、区长、区委书记，阳春七区（圭岗）区委副书记兼区长，阳春三区（合水）区委书记，阳春县委委员、宣传部副部长，广东省水电水利机械施工公司党委书记。

欧圣聪（1925—1978），男，阳春春城蟠龙刘屋咀村人。在蟠龙乡中心小学读书时，参加了黄云组织的学习小组，接触到革命思想。毕业后曾在乡私塾教书并秘密从事革命宣传和情报传递等工作。1945年3月参加广东人民抗日解放军，同年加入中国共产党。在部队先后担任过文化教员、武工队长、粤中纵队第六团三连政治指导员等职。新中国成立后，曾任中国人民银行三阜支行营业部主任、中国人民银行江门支行行长、佛山地区财贸办公室党组副书记、中国人民银行佛山地区中心支行行长。

欧圣通（1931—2013），男，阳春春城蟠龙刘屋咀村人，欧念昭大儿子。学生时代积极参加黄云组织的少年学习小组，受到黄云革命思想的教育。1947年参加中国人民解放军粤中纵队广阳支队第六团，同年加入中国共产党。先后担任过粤中纵队司令部警卫员、武工组组长等。新中国成立后，在马水、春城等地任过乡长、区长、公社社长、书记。1960年调往广西，分别在卫生、农业、工业等部门任职。1980年调回阳春，先后任阳春农委办公室副主任、县水利电力局局长。1992年离休。

附录：革命前辈重回故地慰问照片

黄云（站起者）在蟠龙老区慰问军烈属、堡垒户

黄云等慰问团成员到老区蟠龙与当年参加打游击的老战士合影（二排右一陈庚、右二黄云、右三吴子仁，左一郑秉业、左二黄东明）

黄云等慰问团成员在蟠龙老区合影（二排左一陈明、左三郑秉业、左四汤立骅、左五黄东明、右六吴子仁、右五黄云、右四陈庚、右二陈运福、右一梁运南）

黄云等慰问团成员到蟠龙老区与当年堡垒户合影（二排右一陈庚、右二黄云、右三吴子仁，左三黄东明、左二郑秉业）

黄云等慰问团成员到蟠龙老区与革命烈士家属合影

（后排右起：黄云、陈庚、吴子仁、黄东明、郑秉业）

黄云（前排左三）和蟠龙当年的堡垒户合影

（"蟠龙小学"四字由黄云题写）